致死率十割怪談

春海水亭
Harumisuitei

角川書店

目次

装幀　bookwall
写真　Adobe Stock

八尺様がくねくねを
ヌンチャク代わりにして
襲ってきたぞ！

◆

物語は六年前から始まる。俺が十歳の無力なガキだった頃の話だ。

夏休み、両親の仕事の関係で俺は二歳年上の兄と共に父方の祖父《じい》ちゃんの家に預けられることになった。祖母《ばあ》ちゃんはだいぶ昔に死んでしまったので、俺たち兄弟と祖父ちゃんの三人暮らしだ。

本当に田舎で何もなかったけれど、その分自然があったから俺も兄ちゃんも毎日、川に行ったり森に行ったりして結構楽しくやれていた。監視役の祖父ちゃんも好きに遊ばせてくれたし、俺たちの知らない遊びを色々と教えてくれた。

ただ、結構危ない遊びをやらせてくれる祖父ちゃんでも、祖父ちゃんの家から南にある神社にだけは絶対に近寄らせようとしなかった。

「致死率十割神社だけは絶対行くなよ」

「妖怪《ようかい》がおるでな」

祖父ちゃんは真剣な口ぶりでそう言う。

「どんな妖怪?」

兄ちゃんが尋ねる。

「八尺様《はっしゃく》っちゅう……でかい妖怪と、くねくねっちゅう妖怪や……八尺様はとにかくあかんやつや。見つかったら殺される。そしてくねくねは見たら……頭がおかしくなってまう」

冗談を言っている様子はなかった。どこまでも真剣に祖父ちゃんは言った。俺なんかは祖父ちゃんの放つ威圧感《プレッシャー》に圧《お》されて、とても行こうとは思えなかったけれど、兄ちゃんは祖父ちゃんの前では殊勝に頷《うなず》いておきながら、寝室では「なあ、祖父ちゃんがいない時にその神社行ってみようぜ」なんてウキウキした顔で言ってくるからたまったもんじゃない。

暑さのことも考えず、俺は布団を被《かぶ》って兄ちゃんの言葉を聞かないようにしてたけど、兄ちゃんの「絶対行くからな」の声はどれだけ布団を被っても、すっと幽霊が壁をすり抜けていくみたいに、布団を通り抜けて俺の耳に届いた。今思えば、兄ちゃんはあの時点で魅入られていたんだなと思う。

ある日、祖父ちゃんが用事で外出することになり、俺たちは祖父ちゃんの家で留守番をすることになった。

「絶対に致死率十割神社だけは行くなよ」

祖父ちゃんは玄関で何度も念を押した後に出かけていった。

祖父ちゃんの家は田舎だけど宮崎県よりは民放のチャンネル数が多いし、動画配信サービスも利用できる。家でアニメでも見てダラダラと過ごしながら、祖父ちゃんの帰りを待っていよう。

「そんなことよりももっと楽しい遊びがあるんだ」

俺がそんなことを言うと、兄ちゃんは嬉《うれ》しそうな顔で言った。

「楽しい遊び……？」

「うん、致死率十割神社に行くんだよ」

「……ダメだよ、祖父ちゃんがあそこにだけは絶対行くなって言ってたじゃないか」

いや、仮に祖父ちゃんがなにも言わなかったとしても俺は行きたくなかっただろう。意味はわからないが、その文字列から奇妙に恐ろしい印象を受けた。きっと、行くだけで良くないことが起こる——そんな気がした。

「なんだ弱虫だな、じゃあ俺だけで行くよ」

「兄ちゃん！」

「お前も来るか？」

「待って、兄ちゃん行っちゃダメだよ！」

必死で止めようとする俺だが、格闘技もスポーツもやっていない俺では小学生時分における二年という圧倒的なフィジカル差を覆すことは出来なかった。もみくちゃの攻防になった後、兄ちゃんの拳《こぶし》が俺の顎《あご》に命中して、脳を揺らした。

いいパンチだ。我が兄ながら惚《ほ》れ惚れする。脳が揺れて、俺の意識が闇に落ちていく。

目を覚まし、時計を見ると五分ほど気絶してしまったらしい。

恐ろしくてたまらなかった。致死率十割神社——不吉な名前だ。しかも大の大人が妖怪が出るだなんて言う。その上、実の兄がプロボクサー顔負けの技巧で俺をノックアウトしてまで向かった場所だ。

行きたくない。行きたいわけがない。

それでも俺は玄関の扉を開いた。夏のむわっとした熱気が俺の全身を包み込む。無慈悲な日差しが俺の肌をじりじりと焦がす。

今ならまだ間に合うかもしれない。おそらく本能のようなものが、俺を突き動かしていた。兄ちゃんが致死率十割神社に辿《たど》り着いたら大変なことになる。それまでに兄ちゃんに追いつく。追いついたら、絶対に止める。泣かせてでも止める。意識を奪ってでも止める。骨を折ってでも止める。決意だ。己に技量はない。だが決意だけはあった。決意だけが幼い胸に満ち溢《あふ》れていた。
「兄ちゃぁ～～～ん!!! 待ってくれぇ～～～!!!」
兄ちゃんが足を止めてくれることを祈りながら、俺は全力で走った。けれど、現実は無慈悲で
――致死率十割神社に続く道の途中で兄に出会うことはなかった。

◆

無情にも、兄に会うことなく俺は致死率十割神社の前に辿り着いてしまった。

異様な神社だった。まず鳥居が黒い。その黒い鳥居に白い文字で何かしらの呪文《じゅもん》が書かれている。『八尺死ね』『かかってこいや！』『オンドレ踊らせたろか』『ＤＥＡＴＨ』『エロ魔』『オレは逃げもかくれもせん』『八尺は弱いだけ』『埋めるゾコラッ』

一つも意味はわからない。だが、それが祖父ちゃんのいう妖怪を封じる呪文なのだとなんとなく思った。

その鳥居の貫《ぬき》の部分が刃になっており、ギロチンめいて超高速で落下と上昇を繰り返す。タイミングを間違えれば、神社の内側に身体の前半身が、そして外側に後半身がぺろりと分かたれることになるだろう。俺はその時、人生で初めて人体の半身を右と左ではなく、前と後ろに分けた。

俺は兄ちゃんの姿を捜す。幸いなことに兄ちゃんは独創的な人体模型にはなっていなかった。つまり、それは無事に神社に侵入したということで――不幸中の最悪だった。

貫ギロチンは一秒間隔で落下と上昇を繰り返す。これがゲームのステージなら発売した会社の株主総会で取り上げられる可能性すらあるクソステージだ。だが、これはどうしようもない現実

だ。その上、この鳥居の先に進んでも待ち受けているのは姫ではなく妖怪と兄ちゃんだ。

「南無三！」

俺は全力疾走で鳥居を潜り抜ける。刃が陽光を受けて、煌《きらめ》く。それが、皮肉なまでに美しい。思わず見惚れてしまいそうな死の輝きだ。その刃が落ちる。俺のズボンの尻《しり》の部分が下着ごと切れた。中身は無事、尻は一つのままだ。

勢いづいたまま、俺は前転で境内に侵入する。石畳の参道が社殿まで続いていた。いや、あれを社殿と呼んでも良かったのだろうか。黒い鉄の塊——そうとしか思えなかった。何の飾り気もない無骨な四角い鉄の塊。その姿が俺には——格子のない牢獄《ろうごく》に見えた。あの四角の中に妖怪とやらが閉じ込められているに違いない。

「兄ちゃん！」

参道を駆けながら、俺は兄ちゃんを捜す。一本道の然程《さほど》広くはない神社のはずなのに、やけに社殿が遠い。まるで、ランニングマシンの上を走っているように、いつまでも同じ場所を繰り返し走っているようだ。

「兄ちゃん！　出てきてよ！」

「一緒に帰ろうよ！」

「この神社、絶対おかしいよ！」

「なんか……やばいよ！」

何度も叫ぶが、返事はない。空間が歪《ゆが》んでいるかのように、俺の身体はいつまでも社殿に辿り着かない。

その時——俺の前方に兄ちゃんの姿が見えた。青ざめた必死の形相。なにかから逃げているかのような。

「兄ちゃん‼　帰ろう‼」

言いたいことは山程あったが、実際に兄ちゃんに会うと——俺はもう目が潤んで目が潤んでしようがなかった。この神社はおかしい。早く帰りたくてしょうがなかった。

「……み」

「み？」

兄ちゃんが白目を剝《む》いた。

「ミナイホウガイイ……」

次の瞬間、兄ちゃんの頭が爆発した。

——くねくねは見たら……頭がおかしくなってまう。

祖父ちゃんの言葉が俺の脳裏に蘇《よみがえ》る。兄ちゃんの頭が想像以上におかしくなってしまった。

「うわあああああああああああああ！！！！！」

俺は頭のない兄ちゃんを置き去りにして駆けた。気がつけば俺は鳥居の外にいた。鳥居のギロチンはなんとか越えられたらしい。それから俺はどうすればいいかわからず、鳥居のすぐ傍で膝《ひざ》を抱えて泣いていた。家に帰りたかった。けれど、帰れなかった。兄ちゃんを見捨てた。祖父ちゃんになんて言えば良い。ただ、それだけが頭の中にあった。

しばらくそうしていると空が赤く燃えはじめて、それでも何もしないでいると太陽が月に空を明け渡した。田舎の夜。街灯のない真の暗闇の中で、俺を呼ぶ声がした。スマートフォンのライトを起動した祖父ちゃんだ。

全部の顔をしていた。俺が見たことのある喜び以外の全部の感情が入り混じった顔で俺を見ていた。

「お前……あそこ行ったんか……」

絞り出すような声で、祖父ちゃんが言った。

◆

祖父ちゃんは俺を立ち上がらせると、そのまま俺の手を引いて小走りで進んだ。

普段なら聞こえるはずの蛙の鳴き声が一切聞こえなかった。いや、蛙だけじゃない。虫も獣もそうだ。息を潜めて、なにか恐ろしいものに気づかれないようにじっとしている。嵐が過ぎ去るのを待つかのように。そんな風に思った。

連れてこられた場所は村の寺だった。

一度、兄ちゃんと一緒に祖父ちゃんに連れてこられたことがある。その時見た、扁額《へんがく》——お寺の看板の文字があまりにも難しかったけれど、あとで祖父ちゃんが「悪霊とか妖怪とか絶対殺す(寺《じ》)」と読むんやで、と教えてくれた。

つい、一週間前のことだ。その一週間前が遠い。どれだけ手を伸ばしても届きそうにない。兄ちゃんは死んで、俺も——なにか恐ろしいことに巻き込まれている。

「儂《わし》や……」

祖父ちゃんが人目をはばかるように、そろりと言った。厳重に閉められていた寺門が、ぎいぎいと軋《きし》んだ音を立てながら僅《わず》かに開く。

「来たか……」

でっぷり太った住職が俺たちを迎え入れ、寺門は再び閉ざされた。

先週、訪れた時には境内に血に飢えたドーベルマン百匹が放たれていた。境内ではお坊さんが思い思いに坐禅《ざぜん》を組んでいて、血に飢えたドーベルマンに噛《か》まれて頭からダラダラと血を流しながらも、目を開けず、苦悶《くもん》の声も上げなかった。お寺のことはよくわからなかったけれど、きっと凄《すご》い修行なんだろうなと思った記憶がある。

けれど今日は一匹もドーベルマンがいなかった。道中ドーベルマンに襲われることなく、俺たちは住職の先導で本堂へ向かう。本堂の電気は全て消されていて、住職の持っている蠟燭《ろうそく》が明かりの全てだった。少し風が吹けば消えてしまいそうな火に、全てを託しながら俺たちはゆっくりと本堂を進み、内陣へと辿り着く。

きらびやかな金の仏壇がある、本堂の一番広い部屋。電気に比べればか弱い光だけど、部屋の中央に燭台《しょくだい》があって火が灯《とも》っている。燭台の放つ光を受けて煌く金色が今の俺には何よりも頼もしく思えた。壁にはありったけの御札が貼られており、何故かおまるも置かれている。

俺たちは内陣についてからも一言も喋《しゃべ》らず、ただ住職に促されるままにその場に座った。祖父ちゃんは胡坐《あぐら》だったけれど、俺は正坐だ。足が痺《しび》れるから普段は絶対にしたくないんだけど、今日だけは胡坐の方が苦しくなりそうだった。

「坊主《ボン》……」

むっつりと押し黙っていた住職が、重々しく口を開いた。住職はさっきから俺に視線を向けて、何かを言おうとしては言葉を見つけられずに閉じた口の中で言葉を彷徨《さまよ》わせていたが、とうとう、俺に言うべき言葉を見つけたようだった。

「……兄ちゃんのことは残念やったな。やが、せめて坊主のことは――」

「絶対に守る」と住職は言った。

太い言葉だった。太く、無骨で、頼もしい。あらゆる装飾を剝《は》ぎ取った――けれど、ピカピカに磨き上げた。そんな言葉だ。その言葉を聞いて、俺の頰に熱いものが伝う。少し遅れて、俺は泣いているのだと気づいた。祖父ちゃんが俺の頭に優しく手を置く。祖父ちゃんの骨と皮ばかりの枯れた手が分厚く思えた。

それから住職はぽつりぽつりと話し始めた。

兄貴が見てしまったであろう、この地に潜む邪悪なる妖怪――くねくねについて。

くねくね。その名前の通り、くねくねとしている――らしい。らしいというのは誰もその姿を見たことがないからだ。いや、正確には見たことのある人間は何人もいる。だが、その姿を説明できる人間は誰一人としていない。その姿を見たものは皆、脳を破壊されてしまうからだ。その呪力はSSS級ランクであるともいわれ、一回のくねくねでNTR一万回分の脳破壊ダメージを相手に与えるという。そういう説明を住職はしてくれた。

専門用語が俺にはよくわからなかったけれど、恐ろしい存在であるということはわかった。そして、住職は俺に「くねくねはお前の下にも来るだろう」と前置きをした上で、さらに話を続けた。

致死率十割神社は元々くねくねの生息地に存在していた『八尺様封印記念、ざまぁみろ一生ここで鉄の塊に埋まってろ神社』を改造して作ったものである。

唯一の出入り口である鳥居に超高速稼働する無限ギロチンを設置し、鳥居以外から出入りしようとすれば、自動迎撃装置や、飢えた野犬、寺から逃げ出したドーベルマン、寺から逃げ出した破壊僧に襲われて死ぬ。

しかし、それでくねくねを封印できているわけではない。誰もくねくねに近づけないようにすること、そのための致死罠《トラップ》だ。くねくねは普段は動かないが、自らに近づくものがあればそれに興味を抱いて徹底的につけ狙う。不幸にも致死罠にかからなかったものはくねくねに脳を破壊されて死ぬことになる。あまりにも残酷な死だ。

そうやってあの神社は致死率零割から始まって、致死率十割という恐るべき数字を叩《たた》き出すこととなった。そのような話を住職はした。

何も言えなかった。寒い。粘りつくように暑い熱帯夜であるというのに、歯の根が合わない。悍《おぞま》しいものが来る。

「坊主《ボン》、今からこの内陣の扉を閉める。そしたらワシがありったけの法力で結界を張って、くねくねがこの部屋に入れんようにする……生半可な妖怪やったら触れただけで消滅するレベルの奴や……くねくねがどんだけ呪力を使っても扉の破壊までは出来んぐらいの奴や。そしてワシと爺さんは別室の法力を高める用の部屋でくねくねの様子を霊視で監視し、くねくねの気が緩んだタイミングで坊主を外に出すから、タクシーをつかまえて東京に帰れ」

住職はそう言うと、部屋の四隅に塩を盛り、祖父ちゃんを伴って内陣を出た。

「霊視って……見て大丈夫なの？」

「安心せい、霊視は……まぁ見ずに見るようなもの……まぁ説明しづらいが、くねくねによる悪影響は無い」

そう言って、住職は不安を吹き飛ばすかのように笑った後、言葉を続ける。

「いくらくねくねでもこの内陣には入れん。やが……坊主が招き入れたら別や。誰が来ても絶対に開けるな。どんな声を掛けられても開けるな。部屋から出てええんは……ワシらが外から扉を開いた時だけや」

扉越しの住職には見えていないだろうに、俺はこくこくと頷いた。扉に鍵《かぎ》はないが、自然に開いたりすることはないらしい。

「一人の夜は寂しくて恐ろしいやろうけど、頑張ってくれるか坊主」

「大丈夫、祖父ちゃんがついとるからな」

住職と祖父ちゃんの扉越しの声が、俺の胸をじんと暖めた。頑張ろう、絶対に生き残ろう。そう思った。

「あとは……坊主が寂しくならんように、ペット型ロボットも置いとく。寂しかったら起動してくれ」

部屋の隅を見るとドーベルマンの姿を模した金属製のロボットがある。背中の起動スイッチを押した瞬間、ドーベルマンロボが唸《うな》り声を上げる。

「グルルルルルル」

こいつ、血に飢えている！　俺はドーベルマンロボの電源を切り、それから――特に意味もなく内陣の真ん中に座り込んだ。

広く暗い部屋だった。一人になるとそう思う。二人がいなくなった分の隙間よりも大きい孤独が部屋を埋め尽くしていた。寝てしまおう。ごろりと横になり、目を瞑《つむ》る。

目が冴《さ》えている。とても眠れるような気分じゃない。

目を瞑れば、その闇の中に兄ちゃんの頭部爆発が蘇る。かといって目を開けば、濃い陰の中に孤独と恐怖が浮かび上がる。

「オタクくん」

唐突に女の子の声がした、扉の外からだ。

「あーしだよ、オタクくん。引き籠《こ》もりなんて身体に悪いよ。ねえ……外に出ようよ。それともあーしの方がオタクくんの部屋の中に入っちゃおっかなぁ……♡」

淫靡《いんび》な声だった。声の中に優しさはなく、ただやらしさだけがあった。絶対に開けちゃいけない。

「オタクくん、入れてよ……入れてくれないなら無理やり入っちゃ……グ……グオオオオオオ

オオオオオ！！！！！　このA級妖怪オタクに優しいサキュバス様がこのような結界でグオオオオオオオオオオオオオオオ！！！！！」

部屋の外で爆発音がした。どうやら、外の妖怪が結界の力で爆死したらしい。凄《すさ》まじい結界の威力だ。それと同時に――恐ろしくなった。くねくねだけじゃない。もしかしたら、他の妖怪もいるのかもしれない。

俺は目を閉じた。湧き上がってくるものに瞼《まぶた》で蓋《ふた》をするかのように、力を入れて。意識よ消えてくれ。そう、願いながら。

時間感覚がなかった。あれから数時間が経ったのかもしれないし、十分も経っていないのかもしれない。そんなタイミングで、外から声がした。

「よう頑張ったなぁ……くねくねは行ってもうた。今のうちに出るぞ」

「祖父ちゃん！」

祖父ちゃんの優しい声。俺はすぐに出口に向かい、扉に手をかけようとして――住職の言葉を思い出した。

――誰が来ても絶対に開けるな。どんな声を掛けられても開けるな。部屋から出てええんは……ワシらが外から扉を開いた時だけや。

「あけて」

祖父ちゃんが言った。開けられるはずの扉を前に。

「祖父ちゃんが開けてよ……」

「あけて」

扉の前でその言葉が繰り返される。祖父ちゃんの声で、祖父ちゃんではないものがそう言っている。

悲鳴を押し殺し、俺は扉から離れて隠れるように仏壇の裏に回った。大丈夫だ。結界にそいつは入ってこられない。やり過ごせばいい。やり過ごしさえすれば――そう思った瞬間、部屋の四隅にある盛り塩が爆発した。さらに連鎖的に壁の御札が爆発していく。

どごん。何かが砕ける音がした。視線を音のほうにやる。

木製の壁に大穴が空いていた。

そこには女がいた。今まで見てきたどんな女性よりも、いやどんな男よりも大きい。もしかしたら二メートルを超えるかもしれない巨体。白いワンピースに白い帽子を被り、その顔は曖昧《あいまい》だった。太い身体をしていた。胴体。腕。脚。首。頭の天辺《てっぺん》から指先に至るまで、何もかもが鍛え抜かれている。その太く長い右腕の先に孫の手のように金属バットを握っている。

そして、女は言った。

「大した法力ぽねぇ……流石のこの私の呪力でもこの結界は破壊できなかったぽ……しかし……法力は強くても暴力には弱かったぽねぇ……ぽーっぽっぽっぽっぽ!!!!　ぽーっぽっぽっぽっぽっぽ!!!!!!」

悍しい顔で女が嘲笑《あざわら》った。

◆

「……ま、まさか……そんな!!」

その十分前。住職もまた驚きに目を見開いて叫んでいた。

「くねくねが……あのSSS級呪力を持ち、見ただけで相手の脳を破壊するくねくねが……この日本でもっとも悍しい妖怪とも言われている……あのくねくねが!?」

霊視の光景が住職には信じられなかった。致死率十割神社の中にあるくねくねの生息地、くねくね谷――そこにいる全てのくねくねが、全身をボコボコにされていた。

『ずびばぜん……許して下さい……』

その上、そのくねくねした身体を器用に折り曲げて土下座までしている。たった一人の妖怪を相手に。

「いかん！　相手はくねくねではなかった……封印されていたはずの……」

「ぽ？」

住職の言葉に返答するかのように、背後で音がした。その音に思わず、住職は振り返ってしまった。

「いかんッ!!!　目を伏せろォォォォォォッ！！！！！」

老人の声は遅かった。瞬間、住職は見てしまったのだ。細長いくねくねの胴体を。

その両端には、持ち手状のリンフォンが二つ。まるでヌンチャクではないか。そう思うよりも疾《はや》く、そのヌンチャくねくねが高速で動かされた。ブルース・リーめいた圧倒的なヌンチャクワーク。

くねくねは一回見るだけで、ＮＴＲ一万回分の脳破壊ダメージを受ける。そして、本来ならばくねくねを二回以上見ることは出来ない。一回の視聴で、もはや自分が何を見ているかわからないほどに脳を破壊されるからだ。

しかし、ここに例外が存在する。

圧倒的なヌンチャクワークにより、脳が破壊されるよりも疾く圧倒的なくねくね視聴会《ウオッチパーティー》を叩き込む。

「ぐわあああああああああああああああああ！！！！！」

果たしてどれほどの脳破壊ダメージ量か。圧倒的なくねくね捌《さば》きを見てしまった住職の脳が破壊され、爆発した。

「貴様はッ！　江戸時代に封印されていたはずのA級妖怪……八尺様ッ！」

正解のジングルを鳴らす代わりに、心底愉快そうに嘲笑った。

「ぽーっぽっぽっぽっぽっぽ！！！！」

◆

「あー江戸時代、今日も江戸時代やなぁ」

「ほんま、江戸時代日和やで」

「まだ明治は遠そうやなぁ」

数百年前、村人たちが和やかに言葉を交わす江戸時代。まだ村に『致死率十割神社』どころか、その前身となる『八尺様封印記念、ざまぁみろ一生ここで鉄の塊に埋まってろ神社』すらなかった頃の話である。

「てぇへんだ！」

「どないした熊五郎《くまごろう》!?」

「村に妖怪がおる……身長は八尺ぐらいや！　呪力を見るにAランク相当の奴やで!!」

「そら……大変やんけッ!!」

「もう村人が五十人ばかし呪い殺された!!!　このままやと村は全滅や!!」

「……そら、もう……生き残った全員でリンチするしかないわ！」

「近寄ったそばから八尺の奴に呪い殺されるんちゃうんか!?」

「けど、誰かしらは生き残るやろ……生き残った奴でその八尺……どついたれえええええええええええ！！！！！！」

「うおおおおおおおおおおおおお！！！！！！！！！」

かくして村人は決死の覚悟で突如として現れたA級妖怪、八尺様にレイドバトルを仕掛け、最終的にはドラム缶にぶち込んで、コンクリを流し込んで固め、さらにドラム缶ごと鉄の塊に埋め込み、勢いで神社も建立したのだという。

それが『八尺様封印記念、ざまぁみろ一生ここで鉄の塊に埋まってろ神社』の始まりであり、この村に今も伝わる恐怖——八尺様なのだ。

◆

「封印されていたはずの貴様が……何故ッ⁉」

「ぽっぽっぽっぽ、それはこのくねくねに聞いてみたらどうぽねぇ？」

八尺様の手の中でぐねりと曲がっているくねくねの姿を祖父は霊視する。A級妖怪八尺様——確かに恐ろしいが、それでも呪力においてはくねくねが圧倒的に上回る。一体、何が起こったというのだ。

「ぐ……ぶぇ……許して下さい……八尺様……俺たちくねくねは……平和にくねくね谷で暮らしているだけの妖怪です……人間だって絶滅させせないように三日に一回しか襲いに行きません……」

重力に従うままに八尺様の手からだらりとぶら下がったくねくね、その心と身体は完全に折れており、呪文のように命乞《いのちご》いを繰り返している。

「くねくね、説明してやれぽ……自分たちに何が起こったのかをねぽ」

そう言いながら、八尺様は雑巾《ぞうきん》を捻《ねじ》るようにくねくねの身体を捻る。しかし、くねくねとて成人男性の腕ほどの太さがある妖怪である。それを容易に捻ってしまうとは――八尺様の筋力、尋常ではない。

「うう……」

身体を限界まで捩られたくねくねは涙ながらに語り始めたのである。

◆

調子？　乗ってました。俺、くねくねですから。くねくね、知らない人います？　インターネットでも有名ですし、テレビにも取り上げられたことありますし、かといって他の雑魚《ざこ》と違って女体化も殆《ほとん》どされていない……聖域みたいなもんですから。

見ただけで精神を破壊できる。しかも封印なんかされちゃいない。俺が外で散歩してるのを見るだけで、生まれたてのガキだろうが死にかけのジジイだろうがアウトです。脳、破壊されちゃいますから。

そうです。八尺様が封印されてる鉄の塊に遊びに行きました。家族と一緒にね。家族？　そりゃ、いますよ。他のところのくねくねは知りませんけど、くねくね谷に住むくねくねは別名くね民とも呼ばれていて、社会的なんですよ。楽しいくね民一家です。くね民パパとくね民ママ、で俺がいてね。

嬉しかったなぁ。その日は。普段は仕事で忙しいパパが、特別に休みを取ったって言ってくれたんですから。

「一緒に人間どもをぶち壊しにいこう」って。

一緒に遊んでくれる最高のパパですよ。で、パパと俺で人間の脳を破壊する前に八尺様のところに行くんですよ。

俺ら好きですからね。封印されてる間抜けな妖怪。だって、人間なんて姿をちらっと見せただけで壊れるか弱い生き物じゃないですか。あんなんに封印って……笑えますよね。で、外に出る前に八尺様のことを小馬鹿にしてから行こうって。

正六面体の綺麗《きれい》な鉄塊ですよ。

自分の顔が映りそうなぐらいにピカピカで……もっとも自分の顔じゃ自分の脳は壊れませんけど。その中にコンクリ詰めにされた八尺様が埋め込まれている。もうニンマリが止まりませんよね。でっかい声で悪口を言ってやろうと思って、息を深く吸い込んでる途中で気づいてしまったんです。

滑らかじゃない。その鉄の塊に奇妙な凸部があるんです。外側に大きく出っ張った——そう、内側から殴ったみたいな跡。ありえないじゃないですか。粘土じゃあるまいし。いや、粘土だって外側からならともかく、たっぷりと中身が詰まった内側にいたら自由に動いたり出来ませんよ。

「行こうよ、パパ」

なんだか怖くなって、俺はそんなことを言いました。

「はは、臆病《おくびょう》だなぁ……こんなものは経年劣化さ」

「違うよ……これは……」

ぽ。

声が聞こえました。厭《いや》な声でした。ほら、黒板。黒板引っ掻《か》いた時にキィって厭な音鳴るじゃないですか。黒板引っ掻いて鳴る「ぽ」って感じの声でした。

次の瞬間。蛹《さなぎ》から成虫が出てくるみたいに、内側から鉄がぐにゃあって開きました。それで出てきたんです。ええ、そうです。八尺様ですよ。足の方にコンクリの跡が残ってました。

「ひいいいいいいいい」

思わず悲鳴を上げてました。でもパパは愉快そうに笑って言うんです。

「おいおい、たかがA級妖怪の封印が解けただけじゃないか」

で、パパは必殺の構えを取りました。そうです。SSS級呪術——大獄炎邪冥撃《めいげき》ですよ。そりゃ、俺らだって人間の頭を壊す以外のこと出来ますよ。ま、人間なんて脆《もろ》い生き物に使う必要は無いんですけどね。

地獄の炎に似た火炎がパパの口から吐き出されて——八尺様に向かって放たれました。ま、一撃死は間違いないですよね。所詮《しょせん》、相手はA級ですから。そう思ってました。

凄い跳躍でしたね。八尺様、高く跳んで……パパの攻撃、避《よ》けちゃったんですよ。いや、避けるだけじゃありません。攻撃目標を修正しようとしたパパの脳天にドスン。太い両足で踏んづけちゃったんです。パパ、もう一生くねくね出来ないんだろうな——そう思いました。釘《くぎ》みたいでしたからね。八尺様っていう巨大な金槌《かなづち》で地面に埋め込まれちゃったんです。

「助けてええええええええええええ！！！！」

次の瞬間、思いっきり叫びました。そしたら、わらわらとくねくね谷の仲間達が集まってきてくれたんです！

「テメェクソ妖怪‼」

「朝っぱらからふざけやがって‼」

「ぶっ殺してやる‼」

安心しましたね。そりゃパパは一撃でやられましたけど、やっぱ八尺様って所詮はA級ですから。くねくねの集団に勝てるわけ無いじゃないですか。

「ヒィイイイ！！！！」

「やめ……」

「身体、二つに割れちゃった」

阿鼻叫喚《あびきようかん》でしたよ。くねくねの呪術を回避して、八尺様が襲って回るんですよ。拳一発でアウトです。蹴《け》りでもアウト。千切られたり、投げられたりもしてました。で、そうやって八尺様がくねくねをボコボコにしている内に、なにかを思いついたみたいにニコ――って笑ったんです。厭な笑顔でした。妖怪の俺が言うのもなんですけど、妖怪の笑顔ですね。周りの喜びを吸い取ってしまうような笑顔ですよ。

気絶したくねくねを拾い上げて、びゅんびゅんって。振るんですよ、鞭《むち》みたいに。で、当てる。ぎょわあんって聞いたことのない音がしましたね。

「ひえええええええええええ！！！！」

ぎょわあん。

「やめてえええええええええ！！！！」

ぎょわあん。

「いやあああああああああああ！！！！」

くねくねでくねくねを打っていく地獄みたいな光景でした。でも、それにも途中で飽きたのか――くねくねを使いあぐねている、そんな途中に八尺様の奴、気づいちゃったんです。

リンフォンですよ。

知ってます？　正二十面体の、ソフトボールみたいな置物ですよ。でも、パズルみたいになってて変形するんです。熊の形、鷹《たか》の形、魚の形の順にね。で、気づきません？　アナタがアナグラムが好きならすぐに気づくでしょうね。リンフォン――RINFONE、その綴《つづ》りを並べ替えるとINFERNO――つまり、地獄になるんです。そうです。最終形態――魚を完成させると地獄に繋《つな》がるパズルなんですよ。そのリンフォンが偶然二個落ちていたので、八尺様凄いスピードで魚を完成させたんです。

で、その二匹の魚をさっきまで鞭として使っていたくねくねの両端に括《くく》り付けました。

魚――その形の持ちやすさを見て、気づきましたよ。

ああ、鞭くねくねからヌンチャくねくねになったんだなって。地獄がエンハンスメントされて、すごい威力になってました。

そっからはもう、俺立ち上がる勇気もありませんでしたよ。次々にくねくね谷の愉快な仲間たちが瞬殺されていくんですもん。それもヌンチャくねくね――ある意味、仲間の手によってね。もう皆途中から抵抗を止めて、土下座を始めてました。屈辱でした。そりゃもちろん。A級妖怪ですからね、所詮。でも、思ったんですよ。妖怪ランクっていうのは呪力で判断されるものだから――妖怪ランクでは評価されない項目があるんじゃないか、って。

例えば――筋力、あるいは技術。そういうのを八尺様があの封印の中で磨き上げて、ランクの上ではAながら実際の強さはSSSSSSSSSSSSSSSSSSSSS《とんでもないドS》級になってしまったんじゃないかって。

ま、深く考えてもしょうがないですけどね。俺もう……ただのヌンチャくねくねですから。命乞いするだけの存在ですよ。

◆

くねくねはそのような話を滔々《とうとう》と語った。恐ろしい話だった。くねくねの話を聞きながら、八尺様は嘲笑う。本当に厭な笑みだ。唐突に世界の誰かの笑みが消え失《う》せて、その奪った笑みで笑っている――そんな笑顔をしている。

「ぽーっぽっぽっぽっぽ！！！！　私はあのリンチで呪力の限界を学んだぽ……それと同時にあの封印の中で気づいたんだぽ！　八尺という恵まれた身体、活《い》かさぬ手は無いぽってねぇ！！！！」

岩――いや、山だ。まるで山を相手にしているかのような威圧感だ。八尺という高さに筋肉が上から下までみっしりと詰まっている。立ち向かう祖父の身体は五尺と少し。小さく背を曲げたその姿は、妖怪に立ち向かうにはあまりにも絶望的だ。

それでも――

「間抜け妖怪が筋トレしたってだけじゃねぇか」

それでも、強い言葉を吐かなければならない。祖父は目を閉じたまま立ち上がった。孫を殺され、足元には親友である住職の死体が転がっている。そして、ここで退けばもう一人の孫はゴミのように殺される。

立ち向かわなければならない、たとえ誰が相手であろうとも。

「ぽーっぽっぽっぽっぽ！！！！　私とやるつもりなんだぽぉ⁉」

「殺《や》るつもりだよ」

太い言葉を吐いた。隙を見て孫を逃がす――もうそういう話ではなくなっていた。武器はない、素手だ。身体はガタが来ていて、相手は八尺様。あるとすれば――それは心のなかに燃える感情だけだ。たとえ、死んだって――感情で身体を動かす。そういうことをする。しなければならない。足をもがれようが、心臓が止まろうが、首が爆発しようが、動いて、孫の未来を守れ。

「ぽ」

八尺様が妖怪の笑みで笑った。

◆

「もっとも流石の法力だぽねぇ、私の拳でも流石に痛いから、途中で拾った金属バットを使わざるを得なかったぽ」

俺の前に現れた女が、そんなことを言って笑っていた。なにもわからなかった。入れないはずなんじゃないか、とか。全然くねくねの姿じゃないじゃないか、とか。でも、そういうことよりも気にかかったことがあった。女のワンピースは血でべっとりと濡《ぬ》れていた。

「その血は……」

「ぽ」「ぽ」

言葉ではなかった。絶望そのものを口から吐き出したようだった。俺の視界が暗くなり、心臓が直接握られたかのように苦しい。目の前の女は住職と祖父ちゃんの声で、鳴いてみせた。獲物を自慢するかのように。

「お前のジジイは大した奴だったぽねぇ、死んだ後もちょっとは動いて、ヌンチャクを壊したからびっくりしたぽ……帰ったら予備を取ってこないといけないぽねぇ」

呼吸が出来ない。絶望が身体中に広がっている。逃げるとか、そういうことも出来ず立ち尽くしていた。脳が生きる方法を忘れてしまったかのようだった。

「……じゃ、殺すぽ」

金属バットが俺に迫る。脳天に金属バットをかまされて、おそらく爆発したみたいになるだろう。

兄ちゃんみたいに。

なにも出来ずに、俺はそれを受け入れようとしていた。

どん。衝撃が走った。頭じゃない、胴体だ。突き飛ばされた。

そこには首のない住職の姿があった。

『絶対に守る』

住職の太い言葉を聞いた気がした。多分、祖父ちゃんもそういうことをしたのだろう。聞いたことがある。ギロチンで首を刎《は》ねられた後も三十秒ほど意識があるのだという。つまり人によってはこれぐらい動く。住職が盛り上がった僧帽筋で金属バットを受け止め、手で出口を指し示した。

『行け』

そう言っている気がした。

そこから住職は女にタックルを仕掛けに行った。その戦いがどうなったのかはわからない。走って、走って、走って――俺は逃げることに成功した。いや、成功と言えるのかどうかはわからない。あれから夢は悪夢しか見なくなった。あの女もいつ俺の前に現れるかわからない。

それが始まりの話だ。

あれから六年――致死率十割神社は、神聖八尺様帝国と化した。今から始まるのが、決着の話だ。俺が巨頭《きよとう》オを素手でボコボコにしたところから物語は再び始まる。

◆

二〇XX年、令和の時代であったが、その村は和が一つもない零和《カオス》の時代を迎えようとしていた。

「ぽーっぽっぽっぽっぽ！！！！　神聖八尺様帝国皇帝、八尺様ですぽ。これからこの村も支配しますぽ」

八尺様はそのように語った後に、威圧的にリンフォンを魚まで完成させた。

「逆らったら殺すぽ」

そして完成させたリンフォンを握り潰《つぶ》し、破壊した。突如としてその村のあらゆるテレビにそのような映像が流れた。地獄を握り潰すというあまりの衝撃に映像を見た村民の七割が嘔吐《おうと》し、残りの二割は失神、最後の一割は悪夢を見たという。あまりにも鮮烈な映像デビューであった。

「先祖にならって、八尺様を封印しようや」

「封印ちゃうわ、今度はもう……殺す」

「ほな皆の衆行くでエェエエエエエエエェッ！！！！！」

村役場で慎重に会議を行った結果、八尺様の抹殺を決意。十分後に全滅。ヌンチャくねくねを使うまでもなかった。八尺様討伐レイドバトルに参加しなかった村人は皆、神聖八尺様帝国でくねくねと共に奴隷労働を行うこととなった。

「八尺様には敵《かな》わへん……八尺様をぶち殺せる奴を呼びましょう……」

「しゃーない、ワシらの実力不足や……」

「絶対、あいつ殺そうね……」

「一回、殺し屋雇ってみたかったんですよね」

総取っ替えとなったメンバーで慎重に会議を行った結果、村の外に助けを求めるという意見で一致。やはり、十分後に全滅。

「ぽーっぽっぽっぽっぽ！！！！　この神聖八尺様帝国は侵入も脱出も許さない究極の国ッ！」

神聖八尺様帝国皇帝は、国土交通轢殺《れきさつ》大臣、文部科学消滅大臣、外務戦乱大臣、私法私刑大臣の四大臣を用意し、村人の徹底支配を行うと同時に日本国との戦争に向け、着々と準備を進めていた。

◆

かつてとある村だった神聖八尺様帝国の支配領域、農家の軽トラが駆けていた広い道路を、屋根のない豆電車が走っていた。先頭の運転席に座るのは車掌めいた格好をした猿。ならば遠い昔に失われた名前に従って、おさるさん電車と呼ぶべきだろうか。

「ヒャッハァァァァァッ！！！！　まもなく私が行きます!!!　私が到着するとアナタは怖い目に遭いますよォォォォォォッ！！！！」

猿が嗜虐《しぎやく》的な笑みを浮かべて叫んだ。その声に応じて、おさるさん電車に乗った小人達が歓声を上げる。

ボロキレを着たモヒカンの小人である。

おさるさん電車は時速十キロメートル、ママチャリよりも遅い。その見た目に違《たが》わぬ速さである。その電車の目的地は東京駅でもなければ、県庁所在地の駅なのに特急列車が稀《まれ》にしか来ない近畿地方のある駅でもない。

「ハァ……ハァ……」

猿の車掌の視線の先には、必死でおさるさん電車から逃げようとする十歳ほどの少年の姿があった。

いやらしい速度の出し方をする。少年が速度を上げようとすれば、おさるさん電車も速度を上げ、少年が速度を落とせばおさるさん電車も速度を落とす。付かず離れず、少年の限界を待つかのようにおさるさん電車はゆっくりと走っている。

「さぁ！　アナタ！　夢は絶対現実になります！　そのことをこのS級妖怪であり神聖八尺様帝国国土交通轢殺大臣でもある猿夢《さるゆめ》様が教えてあげましょうねェェェェェッ！！！！　追いつかれれば活けづくり……いや」

猿の車掌――S級妖怪猿夢が指を鳴らすと、おさるさん電車の先端部分が展開しドリルとなった。

「挽肉《ひきにく》がいいでしょうかァァァァァァッ⁉　子どもはハンバーグが大好きですからねェェェェェッ！！！！」

「うわあああああ!!!」

思わず後ろを見てしまった少年が悲鳴を上げる。そのドリルが少しでも身体に触れるだけでアウトだ。少年の青ざめた顔を見て、猿夢はおさるさん電車のスピードを上げた。

「さぁ、頑張って走ってもらいましょうか。ちょっとでもスピードが落ちれば……今夜の夕飯は大好きな大好きなアナタのハンバーグの完成ですからねェェェェェッ！！！！」

「ヒャア!!!」

猿夢の声に、おさるさん電車の小人達が再び歓声を上げた。猿夢――恐るべきS級妖怪である。

何の因果もない相手を己の領域である夢の中に誘い込み、その夢の中で徹底的に惨殺してしまうという恐るべき性質を持つ。夢であるならば現実には影響はないのだろう？　否、夢の中で殺されれば、現実でも死ぬ。

夢ならば覚めることで逃げられるのだろう？　否、どれほど目覚めても年単位で猿夢は獲物を追い回す。もしも猿夢から逃げる方法があるとするならば、それは永遠に眠らないこと、つまりは永眠である。

その恐るべき妖怪が現実世界で猛威を振るっていた。何故か。まあ、そういうこともあるだろう。夢は見るだけのものではなく、現実で叶《かな》えるものでもあるのだから。

「十、九、八、七……」

猿夢はいやらしくカウントダウンをしながら、距離を詰めていく。ドリルが旋回し、空気を切り裂く。凄まじい機械音は否《いや》が応でも少年にその威力を想像させてしまう。背後は見ない。ただ、前だけを見て走り続ける。であるというのに、ドリルがその背に今まさに迫っているというのを感じ取ってしまう。

「四、三、二、いいいいいいいいいい……」

カウントが一にならんとしたその瞬間、猿夢は一を弄《もてあそ》ぶように引き摺《ず》り回し始めた。厭な笑顔だった。妖怪の笑顔だ。とうとう、ドリルが少年に辿り着く――その瞬間になって到達しない。それで希望が持てる――はずがない。ただ処刑が長引いただけで、自分が死ぬという運命が変わるわけではない。さらに、カウントダウンである意味出来てしまっていた覚悟が、空を切るわけだから余計に悪い。いつ訪れるかわからない死。少年の命は完全に猿夢に弄ばれている。

涙で滲《にじ》んだ少年の視界の先に、誰かがいた。

助けて、そう言いかけた。縋《すが》りたい。けれど、助けを求めればその相手だって殺されてしまう。助けを求める言葉を呑《の》み込んで、少年は「来ちゃダメだ！」と叫んだ。

「わかった、助けるよ」

滲んだ視界の先で、誰かが太い声で言った。

瞬間、不思議と涙は引っ込んでいた。

「……ち。ぜぇぇぇぇぇぇぇぇブフォッ！」

今まさに少年が挽肉に変わらんとした瞬間、少年の頭上を誰かが跳んだ。咄嗟《とっさ》に少年は振り返る。

若い男だった。年の頃は高校生ほど。Tシャツにジーンズ、服の上からでも鍛え上げられていることがわかる。奇怪なことに、その背には巨大なハンマーのようなものを背負っている。その男の飛び蹴りが猿夢の腹部に突き刺さり、くの字になった猿夢が車両から吹き飛んだ。コントロールを失ったおさるさん電車が緩やかに減速していく。

「ガッ……ブフォッ……」

黄色い胃液を吐き出しながら、おさるさん電車の運転席に立つ男を指さして猿夢は叫ぶ。

「何をボケっとしているッ！　活けづくりッ！　活けづくりですよォォォォォォッ‼」

「おおおおおおお‼」

おさるさん電車に座っていたモヒカンの小人達が一斉に立ち上がり、刃物を構えた。活けづくり――恐るべき殺人方法である。魚に対して行うソレを、小人達は人間で行おうというのである。

「逃げてぇぇぇぇぇぇぇ‼」

その光景を目にした少年が、自分が逃げるのも忘れて叫ぶ。小人の数は四人ほど、それに対し男は一人だ。最初の一撃は決まったが、次の瞬間には――少年が残酷なる光景に目を伏せかけたその時。

「破ァ――――――――ッ‼」

一斉に飛びかかってきた小人達を、男は背に担いだハンマーを抜き払って、皆まとめて打ち払ってしまった。ホームランである。小人達は皆、星クズとなって昼の空に星座を描く。

「わっ……わぁ……」

凄まじい光景だった。

凄まじいというのは、まず膂力《りょりょく》である。巨大なハンマーであった。柄の部分だけで子どもほどの大きさがある。それを右手で振るってしまうのである。

さらに言えば、そのハンマーも凄まじい。そもそも正確に言えばハンマーではなかったのである。

巨頭オ。

驚愕《きょうがく》して猿夢が叫ぶ。

「巨頭オですと……ッ⁉」

その名前が表す通り、巨大な頭をしたC級妖怪である。通常の人間の十倍の大きさはあるであろう頭部を左右に揺らしながら、両手をピッタリと足につけ、獲物を追い回す。その巨頭オが武器として振るわれていた。

「振るい心地最高だぜ」

猿夢の方を見て、男が笑いかける。

「お前も、アイツらと一緒に星座になってみたらどうだ？」

「……いえ、アナタこそお星さまになって私の悪夢を見守っていただきましょうか」

猿夢の口調は抑えたものであったが、その声は震え、隠しようのない感情が滲んでいた。

さっきまでは一方的な殺人であったが、目の前に現れた相手は違う。殺し合いになるというのならば、怒りは抑え込み冷静な殺意に変える。そして、殺す瞬間に徹底的にストレス解消殺《さっ》戮《りく》してみせる。猿夢は覚悟を決めると、指を鳴らした。

「次は……テクニカル挽肉ッ‼」

瞬間、何かを察したのか男は運転席から飛び降りた。

おさるさん電車は突如として垂直に起き上がり、連結した車両を次々に変形させていく。手に。足に。胴に。関節に。頭部に。

「夢は大きい方が良い……凶器も大きい方が良いッ！」

起き上がったおさるさん電車は完全変形を遂げ、三メートル級の猿顔の巨人と化した。全身鉄製の最終兵器である。人間は脆弱《ぜいじゃく》な生物であるがゆえに、本来ならば猿夢の殺意がここまでのところに辿り着くことはない。しかし、くねくねと同じように猿夢もまた——自身の能力で殺しきれない相手に対する切り札を持っているのだ。

猿夢は凄まじい跳躍力で頭部コクピットにドッキングした。猿夢を守るように強化ガラスのシールドが展開する。

「我らが八尺様よりも巨大なこの力で……永遠の悪夢を見せて差し上げますよォォォォォォッ！！！！！」

両腕には拳の代わりにドリルが装着されている。そのドリルが高速回転を始めた。

牽制《けんせい》のジャブであろうが、必殺のストレートであろうが、種類を問わず命中すれば相手を挽肉に変える必殺の拳である。鉄の巨人が男に向けて拳を放った。疾い拳である。

プロボクサーのパンチの速さが時速四十キロメートルと言われている。時速四十キロメートル、自動車が市内を走る程度の速度である。鍛え上げた人間はその身に機械の速さを有することが出来る。ならば、人間を上回る怪異——それが用意した機械の速さは如何《どう》か。

測定不可能だ。

鉄の巨人の拳が男のもとに届くよりも早く、男はその腕を駆け上り、猿夢のコクピットに巨頭オを見舞っていたからだ。

「破ァァァァァッ！！！！！！」

巨頭オの巨大なる頭部が強化ガラスを粉砕し、そのまま猿夢を叩き潰す。

「馬鹿な……この猿夢が……夢を現実にするために人間をコツコツと惨殺してきた猿夢様が……こんなところでェェェェェェェェッ！！！！！！」

叩き潰された猿夢の身体が絶叫と共に消滅した。

二度と夢を見る場所に行くことはないだろう。

「大丈夫か？」

男は飛び降り、少年に声をかける。

「助けてくれてありがとうございます……あの」

少年は深々と頭を下げた後、男に尋ねた。

「お兄ちゃん、見ませんでしたか？」

「お兄ちゃん？」

「神聖八尺様城に行ってしまったんです……」

「君のお兄ちゃん、あそこに行ったのか⁉」

思わず、男は驚愕の声を上げた。

「はい、八尺様を倒して皆を助けるって……」

「そうか……じゃあ、まぁ、ちょっと見に行ってみるよ」

「えぇっ⁉」

次に驚愕の声を上げたのは少年だった。ちょっと見に行ってみる。神聖八尺様城はそんな生易しい場所ではない。八尺様、及びその配下たる四大臣——いや、今はもう三大臣が守っている場所だ。

「行って大丈夫なんですか……？」

「兄ちゃん、捜してんだろ？」

「それは……そうですけど」

「じゃあ、俺に任せとけよ。ちゃんと君の兄ちゃんを連れ戻してくるからさ」

悲しい瞳《ひとみ》をした男だった。瞳には今も過去の悲しい映像が焼き付いているに違いない。けれど、少年に向ける表情は優しかった。

しかし、冷静に考えれば、見たことのない男だった。少なくとも村人の中にこのような男はいない。そして外務戦乱大臣の手によって村への出入りは厳重に制限されている。しかも、血に飢えたロボット犬も野生化して、村の出入り口周辺を彷徨《うろつ》いている。

「アナタは一体……」

「そこに寺があってさ……」

男が指し示した先にはかって『悪霊とか妖怪とか絶対殺す（寺《じ》）』と呼ばれた寺が存在していた。だが、妖怪たちによって「ニコニコ平和寺」という名前に変えられ、ドーベルマンも厳重に管理されるようになった今の寺に、かつての面影はない。

「そこで……」

俺はそう言って、目を閉じ、祖父ちゃんと住職のことを思い出した。

二人に助けられて、生き方を決めた。八尺様を倒す——そのために道場と寺で修行し続けた。

その成果が試される日が来た。

「生まれたんだ」

◆

きさらぎ駅に暴力による廃駅処分がくだされていることが明らかになった。きさらぎ駅——因果も理由もなく電車に乗っただけの人間を異世界に誘い込むＳ級妖怪である。その異世界拉致《らち》能力を利用して、神聖八尺様帝国において外務戦乱大臣として活動、神聖八尺様帝国から出入りしようとすれば異世界に誘い、帝国の独立に寄与していた。この報告が神聖八尺様帝国皇帝八尺様のもとに届いた時には——既に遅かった。国土交通轢殺大臣猿夢もまた、暴力による廃線処分をくだされていたのである。

「侵入者は真っ直ぐにこちらに向かっているようですね」

文部科学消滅大臣、Ａ級妖怪姦姦蛇螺《かんかんだら》が平静な口ぶりで言った。異形の女であった。腕が左右にそれぞれ三本ずつ、合計六本。それに対し、脚は一本——否、尾というべきだろうか。その下半身は蛇のそれであった。姦姦蛇螺が喋る度に、どこかしらで鈴が鳴った。

「ぽーっぽっぽっぽっぽ！！！！　面白いぽねぇ……」

玉座に座る八尺様もまた、愉快そうに言った。最高幹部である四大臣のうち二名の物理除霊、それを一切苦に思っていない様子である。

「今日は侵入者の多い日のようですね」

八尺様ルームの隅——小さい牢に囚《とら》われた少年をちらりと見て、姦姦蛇螺が言った。八尺様の討伐を目論《もくろ》み、城内に侵入してきた少年である。侵入から五秒で捕らえられ、今は気絶して八尺様ルームの奥ゆかしいインテリアになっている。

「馬鹿というものは禁足地とみれば足を踏み入れ、禁忌とあらば破らずにはいられないようだぽねぇ。全く可愛い奴らだぽ……で、侵入者にはどう対処するぽ？」

「私法私刑大臣、渦人形《うずにんぎょう》が向かっています」

「渦人形はこの私にもっとも近い存在……せいぜい、どこまでやれるか見せてもらうことにするぽ」

◆

神聖八尺様城、一階。そこで俺と私法私刑大臣、渦人形は対峙《たいじ》していた。小柄な人形の妖怪だ。その首が目を引く。細く長いにも限度がある。ほとんど棒みたいな首で一メートル程度の長さがある。そして、目も口も空洞である。ぽっかりと空いた穴が笑顔のかたちをつくっている。

渦人形のことは俺も知っている、C級妖怪だ。くねくねがちらっと姿を見せるだけで与えられる精神的ダメージの半分にも満たないものを相手に与える呪いと、相手に徹底的に付き纏《まと》って嫌がらせをする精神性だけを有している。さらに言えば、その相手に付き纏う精神性が故に——自分が取り憑《つ》いた一般人相手に物理でボコボコにされて除霊までされてしまったという経歴を持つ。はっきり言って、ホラーとしての面白さは最高クラスだが、妖怪としての格は冷静に考えるとかなり低い——何故、幹部としてこの場にいるのかがわからない雑魚のはずだ。

その渦人形が強い。

「ホッ、ホッ、ホッ」

機械的な笑い声を漏らしながら、華麗なフットワークで俺の周囲を回り、その長く細い首をしならせて、俺にヘッドバットを叩き込んでくる。頭部の重量はあるが、所詮は人形。一発一発が軽い。しかし、ダメージは順調に俺に溜《た》まっていく。

「破ッ！」

「ホッ！」

俺の巨頭オを躱《かわ》し、一定の距離を取り——そして俺の隙を見てヘッドバットを叩き込んでくる。厭な戦い方をする。妖怪の付き纏いをそのまま物理戦闘に応用したような戦い方だ。

俺は巨頭オを床に放った。

素手だ。俺は構え、渦人形のヘッドバットに備えた。

「崩《ホ》ッ！」

「破ァッ！」

ヘッドバットをもろに受ける。そのかわりに俺は両腕で渦人形の首を捕らえた。いかにもへし折って下さいといわんばかりの、そういう格闘家をムラムラとさせるような細長い首だ。俺の太い腕と比べたらあまりにも頼りない。俺は両腕に力を込め、渦人形の首をへし折らんとした。

「ホホホ……」

渦人形が嬉しそうに嘲笑った。硬い。よく鍛え上げられた首だ。その細さの中にたっぷりと鍛錬の密度が詰まっている。渦人形の細長い首がしなり、俺は天井に飛ばされる。空中でバック宙、俺は渦人形と距離を取り再度構える。

「ホホホ……」

渦人形が自慢をするように笑う。そうだろう。嬉しくないはずがない。

お前は部活をやっているだけの高校生に負けたことがある奴だ。しかも弱点を突かれて弱体化したというわけでもなく、相手に付き纏ったら怒り狂った相手に燭台でボコボコにされるという、妖怪としての威厳の欠片《かけら》もない負け方をした奴だ。その上自分を破壊した相手に対して、呪いを残すことすらも出来なかった。妖怪の恥と言っても過言ではない。その弱さが実話怪談としてのクオリティを高めたことは間違いないがしかし、お前という妖怪がいるだけで、あらゆる人間が暴力に希望を見出《みいだ》すことが出来る。

それをお前は鍛え上げたのだな。

ただの人間どころか、この俺を相手に出来るぐらいだ。

猿夢もきさらぎ駅も破壊したこの俺を相手に戦えるぐらいに自分を鍛え上げてみせたのだな。

そうだ。負けるのは苦しい。俺もその苦痛を知っている。だから俺も鍛えたし、あの八尺様も封印の中で自らを鍛え上げたのだろう。そして、お前もそうだ。凄い奴だ。その努力を思うと抱きしめてやりたくなるような気持ちになる。

けれど、俺はお前を破壊する。その努力ごと、お前の全てを破壊する。

「ホホーッ！」

渦人形のヘッドバットを受ける。俺はただそれだけに集中する。腹部に衝撃。腹の中が燃えるように痛い。渦人形が「ホホ」と笑う。だが、俺だって笑っている。俺は渦人形の頭部を摑《つか》んで、投げる。相撲でいうところの首投げのようなものだ。そのまま俺は渦人形に対してマウントポジションを取り、そして渦人形の頭部を殴った。

硬い。首がそうなんだ、頭部だってよく鍛えられている。もしかしたら、殴られた渦人形よりも殴った俺のほうが痛いのかもしれない。

再度殴る。俺の拳が渦人形の頭部を打ち付ける鈍い音がする。全く厭な音だ。どっちが破壊されているんだか、わかりゃしない。

渦人形が嘲笑う。俺は痛みを気にせずにもう一発殴る。渦人形に目はない。目があるはずの場所には眼窩《がんか》みたいな穴が空いているだけだ。けれど、その心に浮かんだ驚愕を俺はしっかりと捉《とら》

えていた。そうだよ。一発の拳で破壊できないなら、破壊できるまで何発でも殴る。俺は今から
そういうことをする。渦人形よ。お前が鍛えたように、俺だって鍛えてきたんだよ。もっとも、
お前が失ったプライドは鍛え上げて取り戻すことが出来るけれど、俺が失ったものはどれだけ鍛
え上げても取り戻すことは出来ないけどな。
だから二度と失わないように、俺は戦う。

◆

「こんなところに、コトリバコが……助かったな」
渦人形を破壊するとコトリバコを落《ドロップ》とした。コトリバコは持っているだけで死ぬレベルの呪物
であるが、アイテムボックスとして利用できることでもお馴染《なじ》みである。
コトリバコを地面に叩きつけて破壊すると、呪いに使われた指と一緒に湯気を立てるラーメン
が出てきた。ラーメンを啜《すす》ると先程の戦いで失われた俺の体力が回復し、傷が癒《い》えていく。
追撃が来ると思われたが、その気配はなかった。俺はエレベーターに乗り込み、五階、六階、
四階、と特殊な順番でボタンを押し、最後に十階を連打する。神聖八尺様城は十三階建てである
が、エレベーターのボタンは十二階までしかなく、十二階に繋がる階段もない。
そこで異世界に行く方法を応用して、エレベーターボタンを特殊な方法で操作する必要がある
のだった。五階に着くと同時に、エレベーターの扉が開き女が乗ってきた。
「異世界に行く方法を知りたいかしら……？」
女が俺に蠱惑《こわく》的に囁《ささや》く。エレベーターに乗ってきた相手と言葉を交わしてはいけない。どこに
誘われるか、わかったものではない。

「ここで惨殺してやるから異世界転生しなァ――――――――――ッ！！！」

エレベーターは抵抗なく、俺を十三階――八尺様ルームへと運ぶ。チンという小気味の良い音を立てて、エレベーターの扉が開く。まずエレベーターからまろび出たのは、俺がボコボコにした女であった。そして俺が進み出る。

玉座に座る八尺様、そしてその脇に控える姦姦蛇螺。悍しい気を放っている。その場に存在するだけで、目に見えない濡れた手で内臓を直接撫《な》で回されているかのように気分が悪い。

「ぽっぽぽっぽ、よく来たぽねぇ……」

言葉と同時に八尺様が手の甲で拍手を行う。裏拍手――死人の拍手とも呼ばれている。近年でもホラーコンテンツで取り上げられることのある裏拍手であるが、八尺様が行えばその意味は『お前を殺す』以外にはない。

「昇抜天閲感如来雲明再憎」

俺はその呪文を三度唱えて、床に唾《つば》を吐き捨てる。この呪文と共に液体を飲み干せば、自分への呪いとなるが、相手に唾すればやはり『お前を殺す』という意味になる。

「ぽっ」

軽い笑い声を漏らし、八尺様が顎をしゃくって姦姦蛇螺に合図を出す。文字通りの顎で使う、だ。

六本の腕、そして一本の蛇の尾。その全身からたまらない妖気を立ち昇らせている。

「やりましょうか……」

色気のある声で、姦姦蛇螺が言った。姦姦蛇螺が喋ると共に、鈴が鳴る。そして、ねっとりと俺の身体に殺意を伴った厭な空気が纏わりつく。

「やろ――」

投擲《とうてき》。うを言い終わらない内に、俺は巨頭オを振りかぶり姦姦蛇螺に向かって投げつける。姦姦蛇螺が六本の腕で巨頭オを受け止める。俺は跳躍し、姦姦蛇螺の背に回る。そして、その背に正拳突《せいけんづ》きを——

「無作法」

だが、姦姦蛇螺の蛇の尾が俺の脚を締め上げる。両脚がみしっと音を立てている。しかしそのまま——打つ。

「ギャッ！」

姦姦蛇螺が悲鳴を上げる——だが、俺の脚を解放したりはしない。そのまま蛇の尾で俺の身体を振り回した。目眩《めまい》、吐き気、頭痛。三半規管にダメージを与えられた後、俺の身体が床に叩きつけられる。

「ぐえっ！」

受け身は取れなかった。俺は強《したた》か床に打ち据えられる。痛い。左右三対、六本の腕——確かに恐ろしい。だが、真に恐ろしいのは姦姦蛇螺の下半身が蛇であること、と妖怪ランクの解説にあった。まさか、こういうことだったとは。

立ち上がらんとする俺を、姦姦蛇螺の尾が打った。鞭のように——ではない。バットのように、だ。勢いよく振り回された尾が、俺を壁に叩きつける。容赦がない——流石、思考よりも早く——姦姦蛇螺がその六本腕で俺に連撃を放つ。

強い。

豪雨に打たれているかのように、姦姦蛇螺の攻撃が止まない。次から次という言葉があまりにも相応《ふさわ》しい。

「ぽーっぽっぽっぽっぽっぽ！！！！」

八尺様が愉快そうに嘲笑う。楽しいだろう。身の程を知らない人間が圧倒的な力で、自分どころかその配下に打ちのめされているのだ。

良かった。心の底から思う。もしも、これで心配でもされようものなら闘志が鈍ってしまうところだった。

「破ッ！」

攻撃を受けながら、俺は左手で姦姦蛇螺の手首を、右手でまた別の手首を掴み、ドアノブを捻《ひね》るように思いっきり捻った。

「ッ！」

姦姦蛇螺が苦悶の声を漏らし、その痛みに攻撃の手を止めた。腕は六本あるが思考は一つだ。左手は痛みに悶《もだ》えながら、右手は攻撃を止めない——そんなことは出来ない。俺はそのまま左中央の腕に関節技を極《き》める。小気味の良い音がした。どうやら、蛇なのは下半身だけで腕は人間らしい。

再び尾が俺を狙う。その尾を両手で掴み、俺は振り回す。ミスミスという空気を切る良い音がした。ジャイアントスイング、遠心力を利用して俺は姦姦蛇螺を壁に叩きつけるように思いっきり投げつける。

姦姦蛇螺の身体が宙を舞う。俺は巨頭オを拾い上げ、壁に叩きつけられた姦姦蛇螺に思いっきり振るってやった。

「破ァァァァァッ！！！！！！」

「バッ……馬鹿なッ⁉　この姦姦蛇螺が……六本の腕で一般妖怪の六倍は強いこの私がァァァァァァッ！！！！」

姦姦蛇螺は屈辱に叫び、そして潰れた。

まだだ——渦人形はC級、なればその鍛錬そのものが切り札といったところだろう。

だが、猿夢、きさらぎ駅共に切り札を持っていた。霊視で見たくねくねだって必殺技を持っている。脆弱なる人間にはとても使えないような必殺技。

「もう一破ァァァァァァァァァァツ！！！！！」

それを使わせないようにもう一度姦姦蛇螺を叩き潰す。姦姦蛇螺がコトリバコを落《ドロップ》とした。中に入ってたのはリゾートで出るような食事とくねくねだった。俺は体力を回復し、八尺様に巨頭オの頭部を向ける。

「次はお前だ」

◆

「ぽーっぽっぽっぽっぽ！！！！」

呵々大笑《かかたいしょう》。妖怪が邪悪に嘲笑った。他人の不幸が嬉しい。自分の配下であっても、苦しんで死ねば嬉しい。そういう笑顔だ。妖怪の笑みだ。

「……思い出したぽねぇ」

「思い出した？」

「四年前だったか……お前を守るために、戦った夫婦がいたぽねぇ……親が必死で守った命をこんなところで捨てるなんて親不こ……」

家族を殺されたのは、六年前のことだった。ただ、両親は今でも生きている。あの時の戦いとは関係なかったからだ。つまりは——と、答えを出すよりも早く、俺は動いていた。

「何人殺ってやがんだァァァァァァッ！！！！！」

全力で駆けた。これ以上ないぐらいに。フルスイングで八尺様の頭部を吹き飛ばすために。

「ああ――」

その俺に合わせて、八尺様が前蹴りを放つ。完璧《かんぺき》なカウンターだった。重い蹴りだった。

腹部にトラックが突っ込んで来たかのようなそんな衝撃。

痛いという言葉が生易しい。打撃の痛みではない、蹴られた腹部が燃えている。

燃え続けている。痛みが熱の形になって俺に留《とど》まっている。その痛みで俺は崩れ落ちる。

八尺――二百四十二・四センチメートル。その身長はかのジャイアント馬場《ばば》を三十センチは上回る。その恵まれた体軀《たいく》が余すところなく鍛え上げられていた。

「人違いだったぽ？」

八尺様――その長い脚が彼女の頭よりも高く持ち上がった。ひどく単純で、恐ろしい技が来る。

踵落《かかとお》としだ。二百四十二・四センチメートルの高さから振り下ろされる斧《おの》だ。

「破ァーッ！！」

まともに受けていれば頭蓋骨《とうがいこつ》が粉砕したであろう一撃を、俺は咄嗟にくねくねで受け止める。

一撃が高所《たか》い。

一撃が巨大《でか》い。

一撃が衝撃《すご》い。

一撃が恐怖《こわ》い。

踵落としを僅かにその身に絡めて、くねくねは壊れた。

俺の目の前に八尺様がいた。二百四十二・四センチメートルから一ミリも引くことなく、一ミリも足すこともない。純粋な恐怖が俺の前に立っていた。

巨頭オを拾いながら、俺は床を転がり八尺様から距離を取る。通常のくねくねの長さならば届かないぐらいの距離だ。痛みは未《いま》だに俺の中で燃え続けている。骨か内臓か、目に見えない部分が壊れているに違いない。構わない。俺は気にしない。だから、俺の身体よ。最後まで戦わせてくれ。

「ぽっぽっぽ……一撃で死なれちゃ面白くないっぽねぇ……これなら、たっぷり楽しめそうだぽ」

八尺様が懐からリンフォンを持ち手にしたヌンチャクねくねを取り出す。霊視でなければ、一発で脳が爆発する最悪の霊的ヌンチャク兵器だ。だが、目の前の妖怪は――物理的な攻撃でだって、俺の頭を爆散させることが出来る。

俺は巨頭オを構える。粘った厭な汗が俺の肌を伝い、地に落ちる。

二倍だった。

奴のヌンチャくねくねはくねくねを二匹繋いで――リーチに特化しているッ！

「ぽーう！」

ヌンチャくねくねが地を這《は》うように薙《な》いだ。俺は咄嗟に跳ぶ。

「ぽっ」

八尺様が笑う。八尺様はそのヌンチャくねくねを捨て、もう一つのヌンチャくねくねを懐から取り出した。新しく取り出した方の持ち手は人間をついばむカラスである。縦に跳んだ俺の脳天を打ち砕かんと、縦の回転で俺にカラスが落ちてくる。嘴《くちばし》の分、その威力はリンフォンよりも高いだろう。俺は地面に巨頭オを下ろし、それを軸にくるりと回転する。先程まで俺がいた場所にカラスが衝突する。

「グェーッ……こ、この……ジンカンの親となり、人間どもを殺し尽くすはずの、この解釈違いの人間をついばむカラス様が……」

巨頭オを持ち、俺は八尺様との距離を詰める。再び八尺様がヌンチャくねくねを取り出す。俺の接近に合わせるように、くねくね一匹分の通常仕様だ。

「ぽッ！」

先端のリンフォンを俺は巨頭オで受ける。

「ぽッ！ ぽッ！ ぽッ！ ぽッ！ ぽッ！ ぽッ！」連打。連打。連打。連打。連打。連打。連打が止まらない、降り注ぐ雨よりも疾く――ぽッ！ 連打。

「開眼しろッ！ 巨頭オッ！ 破ァーッ!!」

俺は巨頭オのツボを押し、長い沈黙を続けていた巨頭オを覚醒《かくせい》させる。巨頭オが開眼し、真っ先に見たものは――圧倒的なくねくねの動き。その情報量に巨頭オが爆発する。それもただの爆発ではない。

巨頭オ――その頭部の大きさは通常の人間の十倍。爆発の威力も十倍である。八尺様が驚愕に目を見開く。爆風を突っ切るように、俺は走った。全身が焼けている。関係はない。俺は八尺様を殴る。

「破ァ――――――――ッ！！！！！！」

鉄だった。鉄を殴った感触――まるで効いたという感触がない。鍛え上げられた身体は、生身で鎧《よろい》の重量と硬度を持っている。

「破ァ！　破ァ！　破ァ！　破ァーッ！」

だが関係ない。腕から流れた血を気にせずに殴り、蹴る。渦人形と同じだ、壊れるまで――八尺様が俺の蹴りを掴んだ。今度は、俺がヌンチャクだった。

八尺様が嘲笑う。

時間がゆっくりと流れる。

記憶が走馬燈《そうまとう》のように巡る。

猿夢、きさらぎ駅、姦姦蛇螺――皆、切り札を持っていた。最後の最後に逆転するためのとっておきの切り札だ。俺は八尺様を見据えた。

壁に叩きつけられんとした瞬間――俺は叫んだ。

「破ァ――――――――ッ！！！！！」

――なあ、八尺様よ。俺だってとっておきの切り札を持ってきたんだ。

両手を合わせ、花のように構える。

その花の柱頭にあたる重なった手首の先の部分から法力の青い衝撃波が放たれる。

八尺様が驚愕の声を上げる。

「ぽッ⁉」

お前は徹底的に暴力を使ってきた。法力であろうと呪力であろうと、ひたぶるに暴力で破壊してきた。けれど効かないワケではないのだ。霊視で見たぞ、お前は大獄炎邪冥撃を回避しなければならなかった。覚えているぞ、お前は結界を金属バットで破壊しなければならなかった。

徹底的だ。徹底的に何もかもを出し尽くして、俺はもうお前に蹂躙《じゅうりん》されるだけの玩具《がんぐ》になった。

赤子に振るわれるぬいぐるみのような玩具だ。油断。そこまでやってようやくお前の心を油断が蝕《むしば》んだのだ。八尺様の腹部に巨大な穴が空いた。向こうが見えるほどの穴だ。床にくねくねの死《し》骸《がい》が転がっている。リンフォンが落ちている。

「ぽ……」

八尺様が構えた。まだやるか。そうだな、身体に穴が空いたぐらいだ。お前は続けるだろう。お前は二度と負けないために強くなったのだろう。俺だってそうだ。俺だってやる。俺の身体に穴が空いて、大切な臓器が全部無くなったって続けるよ。

「殺してやるよ」

目から血を流しながら、俺は強い言葉を吐いた。

◆

恐ろしい生き物だ。仲間を殺しても、なおも立ち上がってくる。呪い殺しても呪い殺しても、自分の使える力で私を封じてくる。だからこそ、私もそれに倣おうと思った。呪力では絶対に勝利できない存在に勝とうと――自分に持ちうる全てを使った。

強くなった。あのくねくねよりも強い。猿夢よりも強い。きさらぎ駅、姦姦蛇螺、渦人形、次は海外の妖怪だって従えてみせるはずだった。人間どもを支配し、神聖八尺様帝国は最終的に外宇宙にまでその手を伸ばす予定だった。

それに私は他の妖怪共とは違う。私は常に持ちうる力を全て出している。切り札は無い。札にたとえるならば、私の持ち札は全てがジョーカーだ。私の攻撃は常に即死級だ。攻略ｗｉｋｉにだって書いてある。

それが何故、こうなっている。実力では私が圧倒的に上だ。私に法力で攻撃を加えたのは流石に驚いたが、それでも私のほうが強い。十発だ。目の前のこいつが一発の弱い攻撃を当てるまでに、私は十発の強い攻撃を当てている。そうだ、内臓にどれほどの打撃を与えてやったことだろう。骨も折ってやった。目の前のクソガキは血を吐いている。顔だって死人の色だ。ダメージと疲労の蓄積で、もう一歩だって動くことは出来ないはずだ。

嗚呼《ああ》。糞《くそ》。何故だ。

何故、斃《たお》れない。

何故、死なない。

何故、怯《おび》えない。

怖い。

この生物が何よりも一番怖い。

◆

「バッ……馬鹿な……馬鹿な……」

八尺様が怯えた目で俺を見ている。今にも泣き出しそうな顔だ。恐怖――妖怪には無い感情らしい、その存在しない感情を圧倒的な力で植え付けて回った八尺様が今、俺に恐怖している。

「だったら……こうだぽ……」

その視線は宙を彷徨い、そしてあるものを捉えた。牢獄だ。その中には少年が囚われている。

八尺様が俺に背を向けて、そこへ駆ける。

「あのガキを人質に取って貴様を殺し……もう一回……帝国を築き上げるんだぽ……」

どこまでも感情を抑えて、しかし震える声で八尺様が言った。

俺の両腕は折れている。両脚も棒のようだ。肋骨《ろっこつ》とか、そういう目に見えない部分も全身が壊れている。走るどころか一歩だって動けそうにない。

その動かない足で俺は助走をつけて跳んだ、八尺よりも高く。

「ぽっ⁉」

八尺様が恐怖の声を上げる。けどな、八尺様……お前は忘れているだろうけど、首が無くったってお前と戦った人がいたんだ。俺だってやるよ、それぐらいのことは。

「破ああああああああああああッ！！！！！」

俺の飛び蹴りが、俺に背を向けた八尺様の頭部に命中する。柔い。先程までの鉄の硬度が嘘のように柔らかい。当然だろうな、と俺は思った。法力で弱っていたから、力を使い果たしたから、俺に背を向けて急所を明け渡したから、そういうのじゃない。

誰であろうと戦い続けたお前が、恐怖から逃げ出そうとしたから負けたんだ。


「ぽおおおおおおおおおおおおおおおおおおおおおッ！！！！！」

八尺様は恐怖に目を見開き、甲高い悲鳴を上げた。


首を吹き飛ばされた八尺様が消滅していく。俺は着地に失敗し、床を転げる。いいさ、と思った。八尺様はコトリバコを落とさないタイプのボス妖怪らしいので、俺は痛みと疲労がべっとりと纏わりついた身体で少年が囚われた牢に辿り着いた。

鍵を探す時間はなかった。俺は鉄格子を力で捻《ね》じ曲げる。

「コラッ」

少年に何かを言おうと思ったが、最初に出てきた言葉はこれだった。

「あんまり弟に心配かけてやるなよ……」

少年が泣いている。謝っているのだろう。聞こえない。

ずっと兄を追っていた。兄が致死率十割神社に向かったあの時から。けど良かったな。君の弟は一生兄を追わないで済むらしい。兄弟仲良くな。

意識が薄れる。兄ちゃんの背が見える。兄ちゃん。俺、兄ちゃんを止めようとしたけど無理だったな。でも、追いついたよ。

一緒に行こう。

兄ちゃんが俺を振り返る。兄ちゃんの拳が俺の顎に命中し、脳を揺らした。

いいパンチだった。六年間鍛えていたはずなのに、そんな俺よりも凄まじい。

我が兄ながら惚れ惚れするパンチだ。脳が揺れて、俺の意識が闇に落ちていく。

◆

「お前、ちわらい様を見たんか⁉」

村民同士が殺し合った忌まわしき伝承が残る土管《どつかん》土管《どつかん》人殺洲《ひところす》、その古老が驚愕に目を見開いて叫んだ。ちわらい様——その殺し合いの結果、蠱毒《こどく》の儀式めいて誕生した妖怪である。厳重に封印されているが、数年に一度封印が緩み——目についただけの人間を徹底的に苦しめる。ペットを殺し、友人を殺し、恋人を殺し、家族を殺す。そして散々に絶望させた後、本人を殺す。その手からは誰一人として逃げることは出来ない。

「……時間稼ぎにしかならんかもしれんが、お前はあの部屋から出るな……儂は知り合いの住職を当たってみる」

震える指でプッシュするのは寺に繋がる電話番号だ。

「私の手におえる相手ではありません……」

「そこをなんとかならんのか⁉」

「そもそも寺に妖怪退治のオプションは普通無いんですよ……」

どうしようもない事実であった。現実、悪霊妖怪の類《たぐい》に襲われた時に宗教施設は大した救いにはならない。

「ただ……」

「ただ？」

「何とか出来るかもしれない場所は紹介できます」

致死率零割神社というらしい。恐怖を感じるまでに安全そうな名前だ。縋るような気持ちで、電話をかける。

電話越しに若い男の声がした。

事情を説明すると、男はただ言った。

「絶対に守ります」と。

太い声でそう言った。

八尺様のビジネスホテル

◆

八尺様が封印から逃れて三ヶ月後の満月の夜、東京都内のビジネスホテル『一泊と思いきや永遠の安らぎ』の五六四号室、シングルの狭い一室に八尺様は宿泊していた。ベッドと鏡台だけがあるような部屋である。それもベッドと鏡台の間隔は人間一人が通れる程度の小さいものである。その代わりに安い。

いずれは日本を支配し、日本代表としてクトゥルフやバックベアードなどの海外妖怪《ようかい》をもぶちのめす所存であるが、今はまだその時ではない。自身の手足となる優秀な妖怪を集め、己の帝国を築く——そのために八尺様は日本全国を巡っていた。

「しかし小さいベッドぽねぇ」

八尺様はその名の通り二百四十二センチメートルの身長を有する巨大妖怪である。さらにただ身長が高いというだけではない。その恵まれた体格は極限まで鍛えられている。枕に頭を預ければ、その両脚はベッドからあふれ、その体重にベッドは軋《きし》んだ音を立てる。

「ところで……ルームサービスを頼んだ覚えは無いぽ？」

八尺様はベッドに寝そべったまま、言った。視線の先にあるものはビジネスホテルの薄汚れた天井と光の弱くなった蛍光灯。

その光景が僅《わず》かに揺れる。

「死ねェ～ッ！」

ベッドの下の男の名を聞いたことがあるものは少なくはないだろう——その名の通り若い女のベッドの下に潜み、殺人を行うことで有名な殺人鬼である。都市伝説になるほどの知名度があるが妖怪ではない、ただの人間である。そのベッドの下の男が、ベッドの下から八尺様の背面を包丁で突き上げたのである。ベッド越しで、さらに男は仰向《あおむ》けでベッドの下の狭い空間に潜んでいたのである、これではいくら包丁を用いても大して力が出せない——そう思うだろう。

だが、ベッドの下の男の太い両腕を見るがよい。

そこらを歩いている女性の太ももよりも太いのではないか——そう思わせるほどに鍛え上げられている。

美しい一撃であった。

伊達《だて》や酔狂の殺人鬼ではない、遊びもせず、仕事もせず、その人生のすべてを殺人に捧《ささ》げたのだろう、そのことを何よりも雄弁に伝える刺突である。

しかし、その切先は八尺様の背筋の一ミリほどを抉《えぐ》るだけにとどまった。

恐るべきA級妖怪八尺様——その筋繊維の密度はどれほどのものか。

「なにッ⁉」

「出てこいぽ……人間」

身を起こすこともせず、八尺様は言った。その口ぶりに怒りはない、むしろ愉快そうな響きがある。

「どうせ私も暇だぽねぇ……話でもするぽ……」

十秒ほどの沈黙があった。妖怪と殺人鬼から邪気が立ち昇る。蛍光灯では照らせない、目に見えない粘ついた闇が部屋中に広がるようであった。

「……ベッドの下にいれば死なないと思っているぽ？」

「チッ」

乾いた舌打ちが一つ、するりとベッドの下から男が現れた。スキンヘッドの男である。その手には包丁を握り、全身がよく鍛え上げられている。それでも八尺様には及ばない。ごろりと転がり、右手を枕に涅槃《ねはんぶつ》仏のように八尺様は男を見た。

「……いい目だぽ」

圧倒的な実力差に加え、ベッドの下という優位性も失った。それでも男の目は死んでいない。どこかに隙がないかと殺意の光を湛《たた》えている。

「そういう目をした奴を殺すのが一番好きなんだぽねぇ……」

うっとりとした口調で、八尺様が言う。その言葉を聞くだけで、身体から熱が引いていくようである。自分の好みを語るだけで人を呪える妖怪であった。

「帝国を創りたいらしいな」

静かな声だった。おそらく男は死刑台に上がる時もそのように語るに違いない。その穏やかな声色から隠しきれぬ死臭が漂ってくる。

「あのS級妖怪くねくねですらくねくね谷を作るにとどまって、その版図を広げようとまではしなかった。何が目的だ？」

「ぽーっぽっぽっぽ、これから死ぬ奴に話して意味があるぽ？」

「冥土《めいど》の土産って奴だ」

「……嘘つきぽねぇ、隙を窺《うかが》っているのか、時間を稼いでいるのか……ま、教えてやるぽ」

大した理由でもないぽ、そう八尺様は前置きして「復讐《ふくしゅう》のためだぽ」と言った。

「この私を封印したあの人間共は死んだ……けれど、子孫は生きている。妖怪を殺すという意志も……だから、良かったぽ」

底冷えするような声で、八尺様が言った。

「何が良い？」

「流石の妖怪も死んだ人間は殺せない……けれど人間は子孫を残し、思いを繋《つな》ぎ、自分という存在を無限に続けようとするぽ……だから、あの土地の住民を蹂躙《じゅうりん》してやることはこの私を封印した奴らを蹂躙してやることと変わらないんだぽ」

妖怪が嘲笑《あざわら》った、心底嬉《うれ》しそうな顔で。孤独な数百年をひたすらに鍛錬に充て続けたのと同じストイックさで、その妖怪は直接的には自分とは無関係の人間に悪意を向け続けることが出来るのだ。

「……ところで」

足音が聞こえる。誰かが五百六十四号室に向かって凄《すさ》まじい勢いで向かってくる。

「お前の援軍が来たようだぽねぇ？」

「ああ」

男が包丁を逆手に構えた。想像以上の妖怪だった。果たして、この包丁でどこまで戦えるものか。それでも退《ひ》くという選択肢は男にはなかった。

「ちなみに……殺人鬼がなんでこの私に立ち向かいに来たんだぽ？　人を苦しめるなら、お前だって帝国の兵士として迎え入れてやってもいいぽがねぇ……？」

「向上心だな」

「ぽう？」

扉が蹴破《けやぶ》られ、男と志をともにする者たちが一斉に流れ込んできた。

「どうも、私は迷惑系配信者です！　人類を脅かさんとするテメェに迷惑をかけまくってあげましょう！」

「私人逮捕系配信者だ！　俺の歪《ゆが》んだ正義感だってテメェが逮捕するに相応《ふさわ》しい悪だってわかるぜ！」

「転売ヤー……お前の価値のない死体に高値をつけてフリマアプリに流す……」

「さぁ、ゲームの始まりです！　妖怪の本性を私のゲームで暴いて差し上げましょう！」

「ぽーっぽっぽっぽ!!!　人間の屑《くず》共がぞろぞろと集まって、この八尺様に勝てると思ったぽ？」

迷惑系配信者、私人逮捕系配信者、転売ヤー、デスゲームマスター、そして殺人鬼、陽の光の当たる世界で生きられない人間たちが八尺様を取り囲んだ。

「勝つ、勝てねぇじゃねぇ……」

男が言った。

「どんな人間だって……お前を相手にしたら立ち向かわないといけないんだよ!!」

「ぽっ」

その言葉を聞いて、妖怪が嗤《わら》った。

「いいぽねぇ……この私に立ち向かう者はそういう顔をするぽ、恐怖を押し殺さんとする顔だぽ……私達には無い力だぽねぇ……そもそも私達には恐怖するという機能が無いぽからねぇ……ぽーっぽっぽっぽ!!!」

八尺様が立ち上がり、言った。

「その素晴らしい顔を恐怖に染め上げて殺してやるぽ」

キリコを持って墓参りに

◆

キリコって知ってます？　江戸切子……じゃなくて、アニメとか漫画の登場人物でもないですよ。あ、やっぱ知りません？　僕の出身は金沢《かなざわ》……あ、石川県の金沢市なんですけど、そこらへんにはキリコっていう独特の風習があるんですよ。

まず、キリコなんですけど……木で作った枠に紙を張って、へぎ板を屋根にした高さ三十センチぐらいの大きさの箱キリコっていうのが一番歴史のある奴ですね。まぁ、時代柄殆《ほとん》ど廃れてしまってるんですけど。

今の時代だとかまぼこ板ぐらいの大きさと厚みでやっぱり屋根がついてる、板キリコが一番使われてますね。

風鈴キリコだったり、花キリコだったり、色々あるみたいなんですけど、どのキリコも正面には『南無阿弥陀《あみだ》仏』とか『南無妙法蓮華《れんげ》経』とか、そういうのが書かれていて、その反対側には自分の名前を書く欄があるんです。あっ、あとは紐《ひも》がついてますね。

お盆の時期――まあ、金沢だと新盆っていって一月《ひとつき》ぐらい早くやったりするんでちょっとややこしいんですけど、まあ、その時期になるとどこにでも売ってますよ。スーパーでもホームセンターでもコンビニでも。

それで墓参りに行く時は線香と数珠《じゅず》の他にキリコも持っていくんです、ちゃんと裏に自分の名前を書いてね。箱キリコだと中に蠟燭《ろうそく》を入れるみたいですけど、まぁ僕は使ったことがないんでよくわからないです。

で、お盆の時期はお墓の前にキリコを吊《つ》るすための棒だったり、ロープだったりが用意されているんで、墓参りの時はいつもキリコを吊るすんです。

目的？　さぁ……よくわからないですね。

ただ、みんなキリコに名前を書いているんで、あー、この人は墓参りに来たんだなぁ、とか、そういうのがわかって、ちょっと良《い》いですね。ウチの叔父《おじ》さんなんていつ墓参りに行ってもキリコを吊るしてますから、あー……この人はいつも墓参りに一番乗りなんだなぁ、なんてちょっと笑っちゃったりもします。死んだ人だって、誰が墓参りに来たかわかりやすいですしね。

じゃあ、キリコについてわかってもらったところで、キリコにまつわる話を三つさせてもらいますね。

【橋場五郎《はしばごろう》（仮名）さんの話】

最初に言っておくけど、この話は嘘を混ぜてるよ。特定されたくないからね。別に特定されるような人間でもないと思ってるけどさぁ……インターネットに個人情報を晒《さら》すのに抵抗感ある年齢だからさ、俺。今の子スゴイよね。動画配信とか俺絶対……あ、ごめん話ズレたね。

十二歳の頃に親父が死んでさ。まあ実際に親父って言ったことはないけど。最期の瞬間までお父さん、だよ。心の中でだけ親父って呼んでるよ、親父のこと。あ、ごめん。また話がズレちゃった。

その頃には祖母《ばあ》ちゃんも認知症になっちゃってたし、老人ホームにいたね。

表面上はしゃんとしてたから、親父が死んだことを聞かされて「そうかい……」なんて言ったけど、翌日には「昨日、カズヒロが死ぬ夢を見たよ」……あ、親父の名前ね。カズヒロ。まあ、そんなこと言っちゃって……親父の死って祖母ちゃんの中では夢の中の出来事になっちまったんだね。まあ、俺も家族も、だったらそういうことにしておこう、ってなって、葬式にも参列させなかったよ。そもそも身体が悪くて老人ホームの外に出るのもキツい感じだったから。

老人ホームに行くと、俺の顔は忘れてるくせに「最近、カズヒロが来ないねぇ……」なんて言っちゃって……俺はまぁ、なにかテキトーに嘘でも吐《つ》いときゃいいのに、ニコニコした笑顔のまんまなにも言えなかったよ。

親父が死んだのが冬だったから、その半年後ぐらいに初盆でさぁ、お盆の真ん中ぐらいに親戚《しんせき》みんな集まって法要やって、メシ食べて、で、墓参り。

で、親父の墓の前行ったらさぁ……もうキリコが吊るされてたワケ。

俺等はこの日に墓参りするって決めてたから、抜け駆け……って言ったら変になるけど、まぁ俺らの中にはいないじゃん。そのキリコ吊るしたの。じゃあ親父の友達が来てたのかな……って裏見たら、祖母ちゃんの名前が書いてあったよ、それも祖母ちゃんの字で。

不思議がってたよ、皆。

祖母ちゃんの老人ホームから墓までは車を使わないと行けないような距離だったし、そもそも祖母ちゃん、外出できるような状態じゃないからさぁ。誰かに頼んだのかなっていっても、祖母ちゃんが頼むような相手はここにずらーっと揃ってて、誰一人として心当たりがないって言うワケだし。職員の人に聞いても、キリコを渡した覚えはないって言うしさ。で、肝心の祖母ちゃんは俺らが尋ねても、何のことだかわからないって顔してるし。

まあ、不思議な話だよね。

怖くはなかったよ、結局誰かが祖母ちゃんの代わりに親父の墓参りに来たってだけの話だからさ。別に祖母ちゃんに知らない来客があったってこともないしさ。

で、その翌年も。その次の年も。結局死ぬまで親父の墓に祖母ちゃんのキリコがあったよ。

ありゃ、なんだったんだろうね。

結局、祖母ちゃんは心の奥底で親父の死をわかっていて、超能力とか霊能力的なもので、本人の表面上の意思とは別に墓参りに行ったのか、それとも親父が狐とか狸とか、そういうのを助けて、助けられた動物が来られない祖母ちゃんの代わりに、祖母ちゃんが墓参りに来たぞーってキリコで知らせてやったのか。

ま、結局祖母ちゃんが死んでこの謎は解けずじまいさ。世の中、わからないことの方が多いしね。

で、祖母ちゃんが死んで……親父の墓の前には、俺の筆跡で書かれた俺の名前のキリコが俺が来る前に吊るされてたよ。

意味がわからないよ。俺自身が俺のキリコを持ってるのに、俺のキリコはもう吊るされてるんだからさ。結局、親父の墓の前には俺のキリコを二つ吊るしてる。外す勇気は俺にはないね。

ああ……別に俺の体調が悪くなったとか、知り合いが不幸な目にあったりとか、そういうことは一切ないよ。ただ、俺の名前と筆跡を使った誰かが親父の墓参りに来てるだけ。

それだけの話だよ。本当、本当。

【北園《きたぞの》涼子《りょうこ》（仮名）さんの話】

あ、アタシの話？　別に大した話じゃないよ。キリコってその表面に『南無阿弥陀仏』とか『南無妙法蓮華経』とか書かれてるじゃない？　アタシのパパママの墓には、その部分がぜーんぶ太いペンでぐしょぐしょに塗りつぶされたキリコが吊るされてるよ。

表面に『[redacted]』裏面に『高井　康彦』

表面に『[redacted]』裏面に『砂山　樹』

みたいな感じ。うん、名前は普通に書かれてるよ。みんな、パパとママが地獄に行くことを願ってるんだろうね。

『[redacted]』

『北園　涼子』

【猪瀬《いのせ》浩次《こうじ》（仮名）さんの話】

盆の時期にさ。俺の家の前の電線に、キリコが吊るされてるんだよ。防犯カメラにはなにも写ってないよ。でも地上五メートルの電線に、俺の家の前にびっしりとさ。読めない名前と読めない呪文《じゅもん》のキリコがさ。それだけだよ。え？　コワイよ。そりゃ勿論《もちろん》。でも、絶対俺この家を離れられないいね。

俺の家、誰かにとっての墓みたいだからさ。管理やめたら、俺……どうなるんだろうね。

尺八様

◆

「この村な、今の時期は尺八様《しゃくはち》っちゅう、淫乱《いんらん》ド変態妖怪《ようかい》が出るから気ィつけぇよ」

俺は、祖父《じい》ちゃんの庭で最悪の話を聞かされた。

「淫乱ド変態妖怪の出現情報って、親父の実家で聞きたくなかった話のナンバーワンだぜ、祖父ちゃん」

「尺八吹くみてぇに、男根しゃぶりあげて死ぬまで精を啜《すす》り上げる妖怪じゃあ。ドスケべぇな顔をしとるからすんぐにわかる。大きさも運動能力も羆《ひぐま》みてぇだが、人間は恐れねぇし、銃も効かねぇ」

「親父の実家で聞きたくなかった話のナンバーワン、いきなり更新されたぜ、祖父ちゃん。会ったら死ぬじゃん」

「おお、会ったら死ぬど。しかも向こうから狙ってくるぞ」

「親父の実家で聞きたくなかった話、金銀銅メダルコンプしちまったぜ、祖父ちゃん」

親父の実家は農家で自宅から車で二時間くらいのところにある。ちょっとした連休や、年末年始には両親に連れられてよく遊びに行ったのだが、盆休みになると祖父ちゃん達の方から遊びに来て、不思議と夏に親父の実家へ行くことはなかった。それが気になった……というわけではないが、小遣いを貯めて新しい自転車を買ったこともあり、せっかくなので夏休みに行ってみようと思い立ち、こうして真実を知ってしまったわけである。

「で、俺どうすればいいんだよ」

尺八様という淫乱ド変態妖怪の存在を信じたわけではない。そもそも祖父ちゃんが適当なホラを吹いているという可能性だってある。実際祖父ちゃんの語り口は明るいが、忙《せわ》しげに周囲を見回してなにかの気配を探っているようだ。祖父ちゃんの乾いた肌を伝う汗の量は、絶対に暑さのせいだけじゃない。

おそらく――尺八様はいる。

「最後ぐらいはいいもの食べたほうが良《い》いだろうし、鰻《うなぎ》でも取……」

最悪の提案を仕掛けた祖父ちゃんの言葉を、なにか奇妙な音が止めた。

「じゅぽぽ……」

粘つくような、どこまでも生物的な音。

「尺八様じゃ……」

「えっ……」

祖父ちゃんが小声で言って、俺を伏せさせた。その姿勢はなにか危険なものから身を隠しているというよりは、神に向かって祈るようなものだ。

「じゅぽぽぽぽぽぽぽぽぽぽ……」

庭の生け垣の向こうに、女の頭が見えた。

その目は夢見心地でどこかとろんとしていて、淫靡《いんび》なる火が灯《とも》っているかのように、その肌は桃色に染まっている。そして、俺は見てしまった……そのすぼめた唇が彼女自身の細く白く長い指を前後にしゃぶっているのを。彼女が纏《まと》う白いワンピースは、その清楚《せいそ》さを以《もっ》て淫乱さを引き立たせているようだ。思わず、ズボンのファスナーを下ろしかけたところで俺は正気に戻った。

生け垣の高さは二メートルほどある。その生け垣から頭を出せる痴女——羆の頭胴長が二百～二百三十センチメートルであることを考えると、その痴女の身長は羆のそれとおおよそ一致する。

あれが、例の尺八様か。

「じゅぽぽぽぽぽぽぽぽぽぽ……」

「祖父ちゃん……」

俺は小声で祖父ちゃんに話しかけた。だが、祖父ちゃんはそれを見て胸を撫《な》で下ろしているようだった。

「安心せい、奴《やつ》は尺八様ではない……夏休みに帰省した子どもを狙うただの上背のある痴女だ」

祖父ちゃんも小声で返す。あれが尺八様であれよ。

「子どもを狙う痴女ってそんな人目をはばからないものなのかよ、祖父ちゃん」

「田舎は性に開放的という話《へんけん》を聞いたことがあるじゃろう？」

「開放しすぎて性欲が人類滅亡寸前のそれなんだよなぁ」

「まぁ、じゅぽじゅぽと性的なアピールを繰り返して子どもを狙うだけじゃ、害はない」

「害そのものだろ……」

「とにかく尺八様が来たら、お前なぞしゃぶり殺される……やっぱ鰻やめて寿司《すし》にするか？」

「始まる前から終わらせようとするなよ祖父ちゃん、まだ尺八様出てねぇんだから……なんかこう、車で村から脱出するとかさぁ？」

「免許返納したからなぁ」

「くそっ……祖父ちゃんの尊敬できる判断がこの時ばかりは仇《あだ》となった！」

「バスが来るまで、あと三時間ぐらいじゃしなぁ……儂《わし》、村八分にされとるから車も借りれんぞ」

「ここに来て親父の実家で聞きたくなかった話のナンバーワンが更新された!!!」

祖父ちゃんが村八分にされてるとか、尺八様以上に聞きたくなかった。だが、こうなるともう自力で脱出するしかないのか。尺八様に会わないことを祈って、全力でペダルを漕《こ》ぎ続けて村の外に出るんだ。俺の思考を止めるように、奇妙な音がした。

「じゅぽぽ……」

粘つくような、どこまでも生物的な音。

「今度こそ尺八様じゃ……」

「えっ……」

「じゅぽぽぽぽぽぽぽぽぽぽぽぽ……」

何かを勢いよくしゃぶり尽くす音がする。だが、先程の痴女とは違って——その姿は見えない。むしろそれが正しいのかもしれない、相手は妖怪——俺のように普通の人間の目に見えるものではないのだ。音だけが生け垣の向こうから聞こえてきて、それが尺八様の存在を雄弁に語っている。

「いっけないんだぁ♡　大人のくせにこぉんな小さい女の子に興奮しちゃって♡」

「うっ……うっ……」

嗜虐《しぎやく》的に苛《さいな》む幼い声と、途切れ途切れにこちらに聞こえてくる犠牲者の声。尺八様による犠牲者が現在進行形で出ているというのか。だが、祖父ちゃんはそっと胸を撫で下ろしていた。

「安心せい、あれは尺八様ではない……帰省した田舎で、小さい女の子に興味がある大人を、勢いのある指しゃぶりで挑発している小学生の痴女《メスガキ》だ……生け垣に隠れて、その姿は見えんが」

「今度敬老の日に、『安心』のところに付箋《ふせん》を貼った辞書を贈るぜ祖父ちゃん」

「田舎は性に開放的だからな」

「その田舎に住んでる祖父ちゃんが今どういう気持ちでその台詞《せりふ》を吐いてるのか知りてぇよ」

思わぬ倫理終焉《しゅうえん》っぷりを見せつけられて、むしろ尺八様に出会う前に死んでしまいたくなる。

だが、三度目の正直という言葉がある……次に出会うのは本物の尺八様だろう。早く自転車に乗ってこのクソ田舎から脱出しなければ。そう考えた瞬間、もういい加減に聞き慣れた奇妙な音がした。

「じゅぽぽ……」

粘つくような、どこまでも生物的な音。

生け垣の向こうに——茶色く太い頭が見えた。どこか愛らしい表情に反し、だらだらと口から涎《よだれ》が垂れ流しになっている。その牙《きば》は鋭く、毛皮は分厚く、天然の鎧《よろい》のように敵からの攻撃を防ぐ。

「じゅぽぽぽぽぽぽぽぽぽぽぽぽ……」

「羆だァーッ!!!!!」

知らなかった、羆がじゅぽじゅぽと鳴くとは。だが、英語圏では犬の鳴き声はバウワウで、鶏の鳴き声はクックドゥードゥルドゥーである。そうであることを考えれば、普段俺たちの耳に届く羆の鳴き声が、印刷の関係でこのように表記されてもなんらおかしくはない。

「じゅぽぽぽぽぽぽぽぽぽ……」

生け垣を破壊し、羆はのそり、のそりとこちらに向かってくる。破壊された生け垣の向こう側には痴女の姿もメスガキの姿も見えない。なるほど、性欲とは人間を生む行為、その反対は死。であるならば、命を奪う羆は痴女やメスガキの天敵であろう。そんな羆から逃れるためのなんらかの本能が痴女やメスガキに備わっていても、なんらおかしなことはないだろう。

「うわーッ!! 羆だァーッ!!!」

「こ、腰抜けた……!!」

だが、そんな分析は羆という圧倒的な脅威を前にしては何の役にも立たない。じゅぽじゅぽと音を立てながら、向かってくる羆に対し、なんらかの対抗手段を考えようとするが、祖父ちゃんは腰を抜かしているし、俺は俺で指一本も動かせないでいる。

恐ろしいのだ。

恐ろしいから逃げなければならないのに、あまりにも恐ろしすぎて何も出来ないのだ。

「じゅぽぽぽぽぽぽぽぽぽぽ……」

羆が俺たちを嘲笑《あざわら》うように鳴いている。俺の人生はここまでか——ああ、鰻食べたかった。

「じゅぽぽぽぽぽぽぽぽぽぽ……」

「じゅぽぽぽぽぽぽぽぽぽぽ……」

その時、羆の鳴き声と重なるもう一つの音があった。すぼめた唇が細く白く長い指を前後にしゃぶる音だ。羆の後ろに、つばの広い白いハットを被《かぶ》った白いワンピース姿の女がいる。白尽《ず》くめの服装——極めつきのように、女の肌は雪のように白い。そして、大きいのだ。四足の羆が二足で立ち上がれば、同じ程の大きさになるだろう。脚も太い、腕も太い。尻《しり》も胸も大きい。女は後ろから羆の尻に突っ込むように低い姿勢で飛びかかり、羆の男根を握りしめた。

「じゅぽぽぽぽぽぽぽぽぽぽ……」

「じゅぽぽぽぽぽぽぽぽぽぽ……」

恐ろしい。羆が悲鳴を上げている。女は羆の男根を自分の顔に向け、そして——俺は意識を失ってしまった。

目を覚ました時、俺は祖父ちゃんと一緒に街に向かうバスに乗っていた。

「助けられたんだな……俺たち」

「うむ」

「……俺絶対夏にはこのクソみてぇな村に来ないよ」

「そうせいな」

「自転車……夏休みが終わったら取りに行くよ」

「ああ……なに、祖父ちゃんがピカピカに磨いとくからな」

しばらく俺と祖父ちゃんは黙り込んで、バスが揺れるのに身を任せていた。窓の外に、街の明かりが見える。随分懐かしい——文明の灯だ。もう、尺八様なんてこりごりだ。

でも——

「尺八様、俺たちを助けてくれたんだよな」

罷から生き残っているのが、なによりの証拠だ。古来、日本人は災いを神と奉ってきた。尺八様は人間をしゃぶり殺す——だが、それだけではないのかもしれない。

「いや、あれは尺八様じゃなくて獣姦《じゅうかん》趣味のガタイが良い痴女」

「人間が一番怖いんだなぁ」

お昼におばけを退治する

【ぬらりひょん】

他人の家に平然と入り込み、その家の家主のように振る舞って、茶を飲んだり煙草を吹かしたりする。当然のようにいるぬらりひょんに対し、その家の者は違和感を抱かないのだという。

◆

秋が死ぬほどの夏だった。異常気象も行き着くところまで行ってしまったのだろう。夏休みが終わり、暦の上では秋になっていた。しかし、夏の残滓《ざんし》はいつまでも秋を食い散らかす。気温は下がることを忘れたかのように、いつまでも体温の暑さだった。だが、彼女たちの物語にとってはそのほうが都合が良かったのだろう。夏は怪談の季節なのだから。

◆

築年数そこそこの古びたアパート、階段を上る度にぎぃぎぃと音を立てる。それでいてインターネットは無料で使える、二階の一室。それが春原華織《はるばらかお》の家だ。家族はいない、今は一人で暮らしている。一人で暮らすにも少々狭いぐらいの部屋だ。少し前までは二人暮らしだった。母親とカオの二人の住まいである。

「へへ……悪いなァ、カオ。ありがとなァ」

全く悪びれぬ表情でそう言ってのけて、カオの財布からも金を奪う父親から逃げてきたのだ。働かない、酒を飲む、ギャンブルをする、借金もする、暴力も振るえば、生活費どころかカオの学費に手を付け、その上カオがアルバイトで稼いだ金すら奪う男だった。

「……ハァ」

思わず父親のことを思い出してしまい、溜息《ためいき》がこぼれる。

質素な部屋であった。無駄なものどころか必要なものもないように見える。母親が死んでからは余計にそうだ。母親があの生活の中でどれほど必死に保険金を積み立てたのか、あるいは父親が将来のために保険金にだけは手を出さなかったのか。考えれば頭が痛くなりそうになる。だからカオは考えない。少なくとも母親の遺《のこ》した生命保険金とアルバイトで生活は出来ている。あとは未来に向かって進んでいくしかないだろう。

部屋にテレビやパソコン、あるいは音楽再生機器の類《たぐい》は無い。だが、スマートフォンだけは確保している。生活の必需品になっているということもある。だが、金はなくても娯楽は欲しい。娯楽に酔わず素面《しらふ》で生きられるほど世界は楽しくはない。

基本無料で遊べるゲームや、漫画アプリに動画サイト、実名を使わないようなSNS。本名を使うようなものには交ざることは出来ない。カオが考えるにインターネットで本名を使える人間は、キラキラ輝いているか、頭がおかしいかのどちらかだ。カオはまだどちらでもない。みじめを晒《さら》せるほど正気を失ってはいない。

「……あれ？」

漫画アプリを起動すれば、既に今日読む予定だった漫画の最新話を読み終えた表示が出ている。カオにその最新話を読んだ記憶は無い。読み終えたからといって、再度読めないということもないのだからとりあえず読み直せばいいだけのことだが、妙に気になる。

最近、漫画アプリや動画サイトで、見た覚えのない作品を見た扱いになっていることがある。気づかぬうちにゲームキャラの経験値が増えていたり、知らないサイトへのブックマークがあったりする。まるで、誰かが自分のスマートフォンを使用しているかのように。

勿論《もちろん》、そのようなことが起こるわけはない。自分のスマートフォンはバイト中ですら肌身離さずに持っている。ただ——漫画を読んだり動画を見たりしたことを忘れたというのならば、どうして二度目の記憶だけははっきりと残っているのだろうか。

夜の闇が窓の些細《ささい》な隙間から忍び込んで、カオを包む。そのような薄ら寒い恐怖があった。

天井から吊《つ》り下がる電灯の紐《ひも》が風も吹かないのにゆらゆらと揺れる。

「……こわ」

うっかりと想像してしまう。何者かが家の中に潜んでいる、それはカオが眠っている間にこっそりとスマートフォンを操作する。「アハハ」「ハハハ」想像して、カオは笑ってしまう。そこまでしてすることがそれか。学業、バイト、家事と日々を忙しく過ごしているから、ついつい、うっかりしてしまっていたのだろう。

カオは思いっきり布団を被《かぶ》り、光を遮断する。電灯は付けたままだが、これで闇が出来る。スマートフォンの明かりだけがやけに明るい。目には良くない、だがスマートフォンと自分だけという状況がなんだか面白い。眠くなるまで、暗闇でスマートフォンを操作する。

笑い声が二つあったことにカオは気づかなかった。

◆

「……遅刻だ！　ヤバい！　ヤバい！　ヤバい！」

目を覚ました彼女が見たものは、スマートフォンが示す八時という絶望だった。ここから学校まで全力で走っても四十分、一限には間に合わない。心の奥底に残っていた不安を殺し切ろうとした結果、就寝時間は夜中の三時であった。むしろ五時間の睡眠時間で目を覚ますことが出来たほうがすごいが、このような評価は彼女にとっては何の役にも立たないだろう。

鏡を覗《のぞ》き込む。目の下に隈《くま》。不健康な色白の肌。小柄な十七歳が映っている。顔面を水で軽く洗い、長く伸びた黒髪をゴムで束ねる。セーラー服は黒、リボンは赤。これで女子高生のカオが完成した。慌ただしく着替えを済ませ、学校鞄《かばん》を確認する。数学の教科書が入っていない、ノートもだ。カオは逡巡《しゅんじゅん》する。数学の宿題はなかったはずである。ならば、とカオは信じた。

(私は数学の教科書とノートを学校に忘れたに違いない！)

祈りとともに玄関の扉を開き、階段をぎぃぎぃと軋《きし》ませながら駆け下りる。

「あら、カオちゃん。どうしたの？」

「わー！　おはようございます！」

腰を曲げて掃き掃除を行う老婦人が目を見開いて、カオを見る。カオの住むアパートの大家である。カオの事情は知らないし、カオとて事情を説明しようとは思わない。だが、優しい女性である。

「もう学校行ったんじゃなかったかしら？」

「今日は寝坊です！　やらかしちゃいました！」

「あらあら、じゃあ気のせいだったのね。急がなきゃね」

「はい！」

勢いよく頭を下げて、カオは走り出す。最早《もはや》遅刻を逃れることは出来ない。後はどれほどダメージを減らせるかの勝負である。

「てぇーい！」

全力で走り切る。校門を過ぎ去り、時計は八時四十五分――カオは頭を抱えた。教室の後ろ扉の前で、カオは考える。最早現実逃避も当然だが、こっそりと着席してしれっと、え？　私最初からいましたよ？　を狙うしかない。

「……へへ」

後ろ扉を開く。ちらりと教師の視線がカオに向く。

（無理だったかぁ……）

心の中でカオは諦《あきら》めの言葉を吐く。だが、教師の小言がカオに飛ぶことはなかった。それならばそれで良《い》いとカオは着席する。教科書を開く必要はなかった。既に教科書もノートも机の上に用意されている。一時間目は数学、黒板に書かれた理解するには少々面倒な数式が既にノートに書かれている。

「ねぇ……ユキ」

「どったの？」

カオは小声で尋ねる。隣の席のユキは教師に注意されない程度に髪色を明るくしている。性格が明るいから髪色に反映されたのか、あるいは髪色が明るくなった結果、性格まで明るくなったのか。いずれにせよ、カオは祈る。ユキの明るさでなんとかなる程度のものであってくれ。

「私って遅刻したよね」

「何言うん?」

きょとんとユキが小首を傾げる。髪が彼女の頭の向きに従って流れる。心底不思議そうな表情のユキの姿を見れば、答えは聞くまでもなかった。

「さっき、アタシと話したばっかりじゃん」

「……だよね」

内心の動揺を必死で隠しながら、カオはユキの言葉に応じてみせる。汗が流れるのは、全力で走ったからという理由だけではない。心臓が高鳴るのは、肌が粟立《あわだ》つのは、口内が乾くのは、後ろを振り向きたくなるのは――けれど、後ろには誰もいない。

後ろにはいなかったが、それはもう近くにいた。

◆

学校に自分と同じような誰かが来ていた。その事実に対し、授業中にもかかわらず悲鳴を上げられるほど正気を失えず、あるいはくらりと意識を失うことも出来ず、結局カオは集中できないままに授業を受け続けることにした。

このような状況で普段どおりに過ごすだなんて馬鹿げているとカオは思う。それでも、あの父親がいた時もそうやって過ごしていた。感情を押し込めて過ごすことに慣れてしまったのだろう。

「カオ、だいじょぶ?」

数学の時間をやり過ごし休み時間に入ると、隣の席のユキが不安げにカオに声をかけた。

「だい……」

口の端を歪《ゆが》めて、なんとか笑顔を作ってカオはユキに返事をしようとする。

「顔色」

決定的な証拠を持っているんだぞ、そう言うかのようにユキが手鏡に映るカオの表情を突きつけた。

「……うへぇ」

元々、健康とは程遠いような肌色をしているが、鏡の中のカオは生者というよりは死人に近かった。

「保健室行ったら?」

寝といたほうがいいよ、とユキが続ける。実際、そのほうがいいのかもしれない。このような状況下で授業に集中出来るわけがない。不安感を抱え込んだまま起きているのも辛《つら》い。ベッドに横たわって意識を手放したほうがいいに決まっている。

「ねぇ……ユキ、私今日なんか変なとこあった?」

今以外で、と付け加えてカオはユキに尋ねる。

「いや、いつもどおりだったよ?」

「……ありがとう、結構私だいじょーぶみたい」

けどさぁ、と窘《たしな》めようとするユキの口の前まで人差し指を伸ばし、カオはニヒルに笑ってみせる。

保健室に行くか、いっそ早退してしまうか。どちらの選択肢もカオは選ぶことが出来ない。もしも、自分がいない間にもうひとりの自分のようなものが現れて、自分の知らない間に自分になりすまされていたら。想像が膨らむ。自分に化けて悪事を働くのか、自分の存在が抹消されてしまうのか、あるいはただ自分がいない間に、自分のフリをするだけなのか。何が起きるかがわからない、それが怖い。だから、無い元気すらも振り絞って彼女は席に座り続ける。

現代文の授業も、英語の授業も、古文の授業も。教師のあらゆる言葉が鼓膜を揺らしたが、全て脳には届かない。ただただ、自分の席を守るために座り続ける。

「カオ、お昼」

「私いらないや……」

午前中の授業が終了する。普段ならば安い割に量がある学食で昼食をとっているが、今日ばかりはそういうわけにはいかない。不安げなユキに、カオは机に伏せたまま手をひらひらと振る。

「今日はほっといて……」

こつり。カオの頭をユキの指が弾《はじ》く。

「なにがあったかわかんないけどさ、ご飯は食べなよ。待ってるから」

「……ユキ」

「ん？」

「ありがと」

「よろしい」

立ち去るユキと言葉を交わす。学食に行ったのだろう。いつものように混雑する学食のテーブルで、一人分隣の席を空けて。カオの胸がじんわりと温かくなる。誰にも相談できない物事だと思っていた、それでも一人ではないのだ。どうやって解決すれば良いかはわからない。

それでも、とりあえずは昼食をとることから始めよう。十数分かけて、ようやくカオは立ち上がることが出来た。人の減った教室に椅子の音がやけに響く。存在の音だ。本物の自分はここにいる、カオの証明の音だ。

教室の扉を開き、廊下を走るように移動する。人とぶつからないように、しかし視線を合わさないように下を見た。それでも、怖いものは怖いのだ。人混みの中に、自分と同じような何かがいて、それと視線を合わせてしまうことが。だから、カオは急ぐ。学食、安心できる人の隣へと。

食べ終えたばかりの男子の集団をすり抜けるように、学食に入る。ラーメンの匂い、ざわめき、お盆を持ってうろうろと歩く生徒。学食も結構な情報に溢《あふ》れているが、カオとユキの席は大体決まっている。窓際、テーブルの端の席。カオがそこに視線をやる、やはりユキはそこに座っていた。テーブルには何時も彼女が注文する日替わりランチ。木曜日の今日はアジフライ定食だ。その隣の席には誰も座っていない。けれど、わかめうどんが置かれている。湯気を立てている。まだ温かいようだ。注文してくれたのだ、カオはそう思った。わかめうどんは安く、量が多く、そこそこ美味《おい》しい。常に頼んでいる。だから、ユキはわかめうどんを注文して待っていてくれた。

それをカオは願った。そう、言って欲しいのだ。

「ユキ」

手を振りながら、カオはユキの下へと向かう。脇目も振らず、余計なものを見てしまわないように。

「どうしたの、カオ？」

ユキが小首を傾げる。カオが視線をテーブルに落とす。食べかけのわかめうどん。半分ほど食べられている。ユキのアジフライ定食も半分ほど減っている、二人の食べる速さはそこまで変わらない。

「けど、まぁ……」

カオがにっこりと微笑んだ。友人に向ける心の底から優しい微笑みだ。

「よかったよ、食欲あって」

本当に心配したんだからね、と続けたユキの言葉をカオは恐怖で聞くことが出来なかった。

結局、早退したカオはその日、アルバイト先に欠勤の連絡を入れた。しかし、欠勤をしても急に大丈夫になって私が向かうのかもしれない――とカオは思った。

道路のアスファルト舗装を見ながら、決して顔を上げずにカオは家路を急いだ。

「あっ！　きみ！　きみ！」

カオを呼び止める声があった。振り返ると、黒いスカートが見える。ちらりと白い脚が覗く。

同じ学校の生徒らしい。それにしては声が幼すぎる。ネジが外れたような陽気さがあった。

「つかれてるねぇ！　かわいそうだねぇ！」

どこか囃《はや》し立てるような口調だった。喧嘩《けんか》を売られているのだろうか、とカオは思った。しかし、顔を上げることは出来ない。自分と同じ顔をしているのかもしれない。

「ぬらりひょんがいるねぇ！　ぬらりひょんだぁ！」

カオはひたすらに足を速めた。背中からは調子の外れたような笑い声が聞こえ続ける。きぃきぃ、きぃきぃきぃ、あは、あは、あはは、きぃきぃきぃ。ぬらりひょん、えぇえぇ、ぬらりひょん、えぇえぇ。

「あら、カオちゃん」

「大家さん」

アパートの前、大家がカオを呼び止めた。

「カオちゃん、聞いて。貴方《あなた》にいい話があるのよ」

きっと満面の笑みを浮かべているのだろう、大家の声色を聞いてカオはそう思った。しかし、それは自分ではない自分についての話かもしれない。

「すいません、少し体調が悪いので……」

カオは目線を伏せたまま、お辞儀をし、階段を駆け上った。ぎぃぎぃぎぃぎぃ、階段が軋む。ドアノブを回す。鍵《かぎ》はかかったままだ。少しだけ、カオは安心する。扉を開き、カオは家に入ると内鍵を閉めた。

誇張して大きく描かれた頭部がこれでもかと肌色のクレヨンで塗りたくられていた。黒の点が二つに横の棒が一本。目と口。それ以外のパーツはない。頭部のサイズに比べれば、首は線のように細い。はみ出すことを気にせずに思いっきり塗りたくった黒、セーラー服らしい。黒のクレヨンと赤のクレヨン、色が入り乱れる胸のリボン。幼児が描いたような似顔絵だった。布団の上に置かれている。震える手でその似顔絵を持ち上げると、裏に文字が書かれている。奇妙に綺麗《きれい》に書かれている。数学のノートと同じ筆跡。つまるところカオと同じ筆跡だ。

『私』

「あアァァァァァァァァァッ!!!!!!」

とうとうカオは叫んだ。結局、カオは学校もアルバイトも二日間休んだ。もしかしたら、その間も休むことなく通い続けたのかもしれないが。

◆

「すいません、ちょっと良いですか?」

僅《わず》かに低い少年のような声に、カオは振り向いた。

「あぁ、やっぱりだ。ぬらりひょんがいますね」

「ぬらりひょんだねぇ、きみ」

自分と同じ程度の身長の短髪の少女と、それよりも頭二つ分は背の高い長髪の少女だ。二人共、カオと同じセーラー服を着ている。短髪の少女は少年めいた容姿と合わせて倒錯的な色気すら発しているように思える。その手には金属バットを持っていた。長髪の少女は切れ長の目に金色の光が宿っている。金の目は妖魔《ようま》の色であるのだという――ならば、目の前の少女は妖魔の類なのだろうか。だが、その口元は緩み、その目は幼児のように無責任な喜びに満ちていた。

「……なんですか？」

土曜登校の日で、午前中に全ての授業が終わった。太陽は一番高いところにあり、ただただ厭《いや》になるほどの熱量を発している。

「いや、その……ねぇ」

照れくさそうに短髪の少女は頭を掻《か》くと、両手で金属バットを握った。なんだろうと思う間もなく、短髪の少女は横薙《よこな》ぎに金属バットを振る。ボールが来たわけではない、狙った先はカオの腹部だった。

「ぐ……」

カオは呻《うめ》き、その場に倒れ込んだ。立ち上がって、逃げようとしたがその頭部を短髪の少女の金属バットが狙っていた。

「なんで」

「いやぁ……間違ってたら悪いね」

ぽつりと漏れたカオの絶望の言葉に、やはり照れくさそうに短髪の少女が返し、金属バットが振り下ろされた。

「いにはか、いにはか、ぬらりひょん。えいやれ、こらうと、ぬらりひょん」

長髪の少女が何事かを言いながら、歌っている。笑っている。目の前の惨劇など関係ないような天真爛漫《てんしんらんまん》な笑みだった。

「人違いだったら、悪いなぁと思うんですけどね」

「ぬらりひょんだねぇ、きみぃ！　ぬらりひょんだねぇ！」

「先輩がね、言うんだから……まぁ、多分僕が思うに……貴方ぬらりひょんですよ」

「ちが……」

ごず、ごず、ごずと何度も金属バットが振り下ろされた。何度も何度も鈍い音が響き渡った。

金属バットの音、少女の歌声、熱く照りつける太陽。少女の力では何度金属バットを振り下ろしても、スイカのように頭部が弾け飛ぶというわけにはいかない。だから、のたうち回りながらいつか死ぬのを待つことしか出来なかった。くるりと仰向《あおむ》けになって、カオが加害者の少女を見る。その後ろにはカオと同じ顔があった。嘲笑《あざわら》っていた。

◆

布団を被り、家の中に籠もっていた。家の中にいる限りは、少なくとも家の中での安寧は守られるはずだ。少しだけ減っている冷蔵庫の中の麦茶から目をそらしながら、カオは震えている。太陽は狂ったように熱量を放射し、蝉はひたすらに鳴き続ける。電気を消しても、カーテンを閉めても、無遠慮な光はカオの家の中に入り込む。

布団を被り、スマートフォンの明かりだけを頼りに何も見ないこと。耐えられなくなるまで、何も食べないし、飲まない。痕跡《こんせき》に気づかないふりをする。ただひたすらに目線を下にやる。

未《いま》だに出会わぬもう一人の自分のようなものに出会わないために。

正気を保つために、それ以外のものは狂わせる。

「すいませーん」

ぴるおんとインターホンが鳴った。平日昼間の来客者がまともであるわけがない。そもそも出るつもりはないが、カオは息を潜め、来客者が去るのを待つ。

「あれー？　いませんかね、いますよね？」

ぴるおん、ぴるおん、ぴるおん、ぴるおん、ぴるおん。

インターホンが何度も何度も平日のアパートに鳴り響く。

借金取りだろうか、だがそれにしては玄関の薄っぺらい扉越しの声は若く、軽い。僅かに低い少年の声のようだ。

ごつり。鈍い音がドアを打った。ごつり。ごつり。何度も、何度も。ぴるおんが止み、しばらくしてごつりも止み。やっと終わったかと思えば、ひゃうと風切る音。どぎゃあと鈍く、強い音がドアを襲った。

「えーと、春原さん……でいいのかな？　早く出てきてくれないと、ホームラン打っちゃいますよ～！」

「えっ……」

明るい声と共にどぎゃあともう一度強い音がドアを襲った。ノックの音でないことだけはわかる。勢いよく硬いものをドアにぶつけたような音だ。そして、ホームランという言葉。カオはスマートフォンの通話アプリをタップする。番号入力など久しく行っていない。それも１１０番通報などは初めてのことだ。

「通報は止めたほうがいいですよ」

ドア越しの声がやけにはっきりと聞こえた、耳元で囁《ささや》かれるかのように。スマートフォンを操作する手が、思わず止まる。

「ぬらりひょんに困っているんでしょう、僕が助けてあげますよ」

（……ぬらりひょん？）

――ぬらりひょんがいるねぇ！　ぬらりひょんだぁ！

その言葉を聞いてカオが思い出したのは、昨日の声だ。囃し立てるようで、どこか楽しそうで、調子外れな。

「貴方のフリをしている奴のことですよ」

スマートフォンから手を離す。少なくとも、変質者や犯罪者の類ではないのかもしれない。

異常者であることは間違いないが。カオの変化を知ったのか、ドア越しの声がうふと笑った。

「扉を開けてくれますか、僕は君の力になりたいのですよ」

カオは目を閉じて、布団から起き上がった。ふらふらとしたおぼつかない足取りで玄関へと向かう。慣れ親しんだ狭い家は、目を閉じたままでも問題なく移動できる。

「……助けてくれますか」

ドア越しに、カオは言う。一日喋《しゃべ》らないだけで、喉《のど》が恐ろしく狭まったようだった。声というにはあまりにもか細い、日本語に聞こえる音のようなものが出た。

ぎゃりと内鍵がひねられた。扉が開く。

カオは目を閉じているからわからない。

彼女の前に立つのは、黒いセーラー服に赤いリボンタイ。彼女と同じ制服を着た少女だ。右手には金属バットを持っていて、背中には革の鞄を担いでいる。その金属バットで何度も何度も扉を叩《たた》いたのだろう。短く切りそろえられた髪は白く染まっている、だが、少年とも少女とも言えないような中性的な容貌《ようぼう》が、白髪すら気にならぬほどに、奇妙に彼女をあどけなく見せていた。

「……もちろん」

ですが、その前にと少女が言い、狭い玄関でカオの横をするりと抜けて、両手を使って彼女の目を覆った。だーれだ、とでも言うかのような姿勢だった。

「あの……？」

「今はぬらりひょんがいないから大丈夫。僕が手を離したらとりあえず目を開きましょうか」

そう言って、少女が笑い、手を離した。ばあ、と少女は言った。それに合わせて、カオは目を開く。どうしようもないほどに、何の変哲もない昼の光景があった。

床に座り、背の低いテーブル越しに向かい合う。テーブルの上には麦茶が二杯。

「角砂糖は」

「ありませんけど」

「そうですか、じゃあ牛乳は」

「無いです」

「知ってましたか？　麦茶と牛乳と砂糖でコーヒー牛乳の味がするんですよ？」

「あの……」

「ああ、安心してください。ちゃんと僕の分は用意していますから」

そう言って、少女は鞄からガムシロップとポーションミルクを三個ずつ取り出して自分の分の麦茶に注ぎ込んだ。麦茶の色合いが薄まるのを見ながら、カオは何を言うかを悩む。

「……蘇芳《すおう》八雲《やくも》」

「えっ」

「蘇芳が苗字《みょうじ》で八雲が名前、好きな方で呼んでください」

「じゃあ蘇芳さん……」

「八雲が好きな方です」

「蘇芳さんが好きな方で呼んでくださいって意味ですか」

「まぁ、そうですね」

「はい……そうですか、八雲さん」

発生した奇妙な静寂に、蟬の声とコーヒー牛乳味の麦茶を啜《すす》る音だけがやけにうるさく響き渡った。

「それで……その、何から聞いたら良いかわからないんですけど」

静寂を破って、カオが口を開いた。見上げるかのように、八雲を見る。

「ぬらりひょんっていうのは何ですか？」

「わからないです」

「えっ……」

「言っておきますが、そもそも僕たちがぬらりひょんと呼んでいるだけで、正確に言えばアレは、妖怪図鑑に載っているようなぬらりひょんそのものというわけでもありません」

「じゃあ、その……」

「ぬらりひょんというよりはドッペルゲンガー、そのようなものに近いのかもしれませんが、まぁどうでもいいことでしょう。だって、ほら……うっかり、ドッペルゲンガーだなんて名付けて、君とアレが出会っちゃって君が死ぬことになったら、そりゃもう後味が悪いですから」

ドッペルゲンガーとは出会うと死ぬと言われる、自分と同じ姿をしたあやかしのことである。カオは大してオカルトに詳しいわけではない。だがそれぐらいのことは知っている。

「まぁ、世の中にはおばけが実在して……僕たちはそういうのを殺す、それだけわかってもらえれば十分です」

「……たち？」

「昨日、会ったでしょう？　ハーン先輩ですよ」

目の前の八雲の年齢はいまいちわからないが、彼女が先輩と呼ぶ以上、高校三年生か二年生で、昨日会った彼女がそうだというのならば、異常なまでに声が幼いように思えた。

「ハーン先輩はおばけを見つけて、名付けることが出来ます。それで僕は……」

飲み干されたコーヒー牛乳味の麦茶の氷が、からりと音を立てた。ぜいぜいと蟬が鳴く。きゃあきゃあと子供のはしゃぐ声が聞こえる。うっすらと微笑む八雲の顔は思わずぞっとするような美しさだった。

「殺します」

「殺す？」

「祓《はら》うと言い換えても良いですが、まぁ殴り殺しちゃいます」

今日はさんまが安かったので、夕飯は塩焼きにします。そう言うかのように、八雲の口調はどこまでも軽かった。その軽薄さが、カオには恐ろしく、しかし安心できるように思えた。

「それで、私はどうすればいいんですか？」

「あー……」

そうですねぇと、八雲は少しだけ考えて、どこまでも軽い口調で「明日にしましょう」と言った。

「明日は土曜登校日で、授業は午前中だけで終わります。君が学校を休んでれば、ちょうど真っ昼間のタイミングでぬらりひょんが下校するので、ついてきてください、帰り道を襲います」

「……下校？」

「ぬらりひょんは、ほら、君がいない間は全部、君になりすましますからね」

こともなげに八雲が言う。カオが青ざめるのを、どこか呑気《のんき》そうに見つめる余裕すらある。

「ハーン先輩が君に気づくのがもう少し遅かったら……どうなってたんでしょうね、うふ」

「そのぬらりひょん殺しって……明日で、大丈夫なんですか？」

「……大丈夫、大丈夫。おばけは真っ昼間のほうが殺しやすいから」

それに、と八雲は言うと、

「今日ってなるとぬらりひょんが帰ってくるのは夜だろう？　夜は嫌だね、おばけの時間だからね」と続けた。

「今日の内に、私がぬらりひょんに乗っ取られたり……明日、下校だって一人じゃないかも……」

「……ああ、大丈夫。大丈夫」

へらへらと八雲は手を振った。

「最悪、君を殺せばいいから」

「えっ」

「ぬらりひょんはどんどん、君に近づいていく。君が死んだら死んだでぬらりひょんは完全に成り代わるだろうから、そうなったらそうなったで、まぁ……そういう感じで帳尻《ちょうじり》が合うんじゃないかな」

「……ふざけてるんですか」

「いや、ふざけてはいないよ」

八雲の口調から軽薄さが消え、その目には冷徹な光が宿っていた。

「いつのまにか知り合いにも接触していて、どっちが本人なのかわからない。それがぬらりひょんの怖さだ。僕にだってわかりゃしないよ。だから、もう僕は……とりあえず、君をぬらりひょんじゃないと信じて、もうひとりの方を殺す」

けど、八雲は続けて言った。

「君、自分がぬらりひょんじゃないって言える？」

カオの答えは蟬の声にかき消された。

翌日、カオは八雲が迎えに来るまで眠り続けていた。ぴるおん、とインターホンの音が鳴る。ドアノブが回り、がちゃりと扉が開く。掛けていたはずの内鍵は開いてしまっていたらしい。未だに恐怖は残っている。だが、ぬらりひょんを殺すという八雲の言葉を信じることにした。縋りつくことしか出来ぬのならば、それしか出来ぬ身でもそれなりの覚悟の決め方というものもある。

玄関に向かえば、八雲ともうひとり、やはり黒のセーラー服に、赤いリボンタイの少女が立っている。カオよりも頭二つ分ほど背が高く、それに見合って髪の毛も長い。腰まで届くほどの黒髪はよく手入れされているのか、さらさらと流れる黒い川のようだった。

「ぬらりひょんがいるねぇ！」

長身の少女は床を見ながら嬉《うれ》しそうに言った。

「ハーン先輩です」

八雲が指差して紹介すると、ハーンと呼ばれた少女は顔を上げた。口元は緩み、その表情はどこまでも純粋な喜びに満ちている。怜悧《れいり》な印象を受ける切れ長の目は、どこまでもキリがないような純粋さに圧倒されて、ただただ子どもっぽい印象を与えている。

「かなた・はーんです！　よろしくね！」

「あっ、春原華織です」

力いっぱいにお辞儀をして勢いよく名乗るハーンに釣られるように、カオもまた、名乗った。

「……かおちゃん」

犬を撫《な》でるような無造作さで、ハーンはカオの頭を撫でた。

「つらいこといっぱいあるけど、がんばろうね。ぬらりひょんにまけないでね、よしよし」

「…………」

不意に与えられた優しさに、じんわりと温かいものがカオの頰を伝った。温かいものが身体に染み渡るようだった。それだけで、もう立ち向かえるようにすら思えた。

「じゃあ、今からぬらりひょん殺しに行こうか」

◆

くるりと仰向けになって、カオが加害者の少女を見る。その後ろにはカオと同じ顔があった。嘲笑っていた。

◆

「ぬらりひょんは一体、何を考えていたんだろうねぇ」

「えっ」

ぬらりひょんを殺した帰り道、三人はハンバーガーショップに寄っていた。口の周りを汚しながら、勢いよく食べるハーンの口を紙ナプキンで時折拭《ふ》きながら、八雲はなんともなしに呟《つぶや》く。

「いや、ぬらりひょんって完全になりすますってことは、その考え方も全部、君と同じになっちゃうんじゃないかなーってついつい考えちゃうわけですよ」

そしたら僕は人殺しみたいで嫌だなぁ、とポテトをつまみながら八雲はどこか能天気に言ってみせる。

「……やめてくださいよ」

「あー、ごめんごめん」

けどさぁと続けようとした言葉を、八雲はゼロカロリーコーラと一緒に飲み干す。僕からすれば、どっちにしても同じだからなぁ――などと言う必要はない。

「おいしいねぇ！」

「そうですねぇ、先輩。今日は夕飯もここにしましょうか」

「いいねぇ！　さすがやくもだねぇ！」

カオもまた、ハンバーガーと一緒に言いかけた疑問を腹の底に沈めてしまう。何者なのか、とか。二人はどういう関係なのか、とか。ぬらりひょんに気づいてしまったことで、カオは恐怖に支配されることとなった。だから、気になってしょうがないけれど、聞かない。気づかないことで、守れる平穏があるのだから。

「けど、いいんですか。ここでの支払いだけで」

「おばけを退治することが僕らの目的だからね、まぁあんまり気にしないで」

ぬらりひょん殺しの謝礼金についてカオが尋ねれば、八雲は安めのハンバーガーショップの名を挙げて、そこで奢《おご》ってくれるだけでいいと答えた。ハーンもまた「わたし、はんばーがーすきー！」と言う。

これほど安くてよかったのだろうか、という思いもカオにはある。だが、大丈夫と八雲に断言されればそれ以上のことは言えない。

日が沈み、辺りを闇と人工の明かりが包む頃、カオと八雲達は別れた。別れ際にハーンはもう一度、カオの頭を撫でた。手は冷たく、しかしぬくもりがあった。

「がんばってねぇ」

「……はい」

二人と別れ、一人で歩くとどんどんと日常に帰っていくような気がした。アパートの前に着くと、すっかりカオは落ち着いている。

「……あれ」

カオの部屋を見ると、電気がついている。電気を消し忘れただろうか、いや――そもそもつけてはいない。だが、間違いなくぬらりひょんは死んでいるはずだ。

「あら、カオちゃん！」

「大家さん！」

階段を上ろうとすると、背後から大家に声をかけられた。

「この前、いい話があるって言ったでしょう」

「そうでしたね」

「良かったわぁ、いい人そうで……私、カオちゃんのこと心配してたからねぇ」

「……何の話をしてるんですか？」

笑みを浮かべる大家だが、カオにはその意味が理解できない。それは部屋についている電気と関係があることなのか。

「お父さんよ！　貴方のお父さんが会いに来たのよ。ずーっと、カオちゃんのこと捜してたって言っててねぇ、なんで二人暮らしだったのかわからなかったけど、優しそうな人で良かったわねぇ……」

「……えっ」

大家はそれ以降も何事かを話し続けたが、その後の全ての言葉がカオの中に入り込むことはなく、ただひたすらに上滑りしていった。

ぎぃぎぃぎぃぎぃ、階段が軋む。何かが降りてくる音がする。カオ、と呼ぶ声がする。楽しそうで、嬉しそうで、明るい声だ。

――ぬらりひょんがいるねぇ！

ハーンの異様に明るい声を、カオは聞いた気がした。だが、カオの側には八雲もハーンもいない。

夜はおばけの時間だから。

【ぬらりひょん】
他人の家に平然と入り込み、その家の家主のように振る舞って、茶を飲んだり煙草を吹かしたりする。当然のようにいるぬらりひょんに対し、その家の者は違和感を抱かないのだという。

一人心中

◆

「そういうことをできたことがないんです」

夜中の一時を少し回ったぐらいになって、相田《あいだ》が言った。罪を告白するような口ぶりであった。

相田の顔が赤く染まっているのは酩酊《めいてい》のためか、含羞《がんしゅう》のためか。言葉を吐き終えた刹那《せつな》、彼の目は驚愕《きょうがく》に見開いていた。この場にいる誰よりも、相田自身が自分の口から抜け出てしまった言葉に驚いているのだろう。

「じゃあ、童貞なんだ」

相田の告白とは対照的に、からりとした声でりりぃが言う。

胸元の開いたメイド風の衣装を着たキャストである。髪を緑に染め、ウルフカットにした若い女であった。二十歳を過ぎていることは間違いないだろうが、そのあどけない顔つきはどうも理性ある男を不安にさせるものがあり、また酩酊した男を深く暗い場所に誘《いざな》うものがある。

「……まあ」

相田はちらりと周囲を見回した。相田の隣では連れの高橋《たかはし》がカウンターに突っ伏して眠っている。このような店に来たことのない相田を誘ったのは高橋であった。翌日が全休の大学生である、その夜をしゃぶりつくしてやろうという思いがある。一軒目の居酒屋でたいそう酒を飲んだ後、奢《おご》ってやるから行こうと相田に言って、入店から二時間ほど経って、今はぐっすりと眠ってしまっている。店内を流れる今期アニメのオープニングテーマに混じって、高橋のイビキがかすかに聞こえてくる。

オタクを対象としたアニソンバーである。平日深夜、他の客はもう帰ってしまって残っているのは相田と高橋の二人だけだ。もっとも、高橋もすっかり眠りこけてしまっているので意識のある客は相田しかいない。

「そういうこと……です」

高橋の耳には届いていないであろうと思って、相田は呟《つぶや》くように肯定した。

二十二歳──二年浪人して、今の大学に合格した。二〇二一年の出生動向基本調査において、十八歳から三十四歳までの未婚の男性で「異性と性交渉をもったことがない」と答えた割合は、四十四・二パーセント。割合を考えれば童貞が珍しいというわけではない。しかし全体の動向が如何《いか》なるものであろうと、実際に女性の前でそれを答えれば恥ずかしいものは恥ずかしい。

「へぇ、そうなんだぁ」

その言葉に愉快そうにりりぃが言った。彼女の口元には嗜虐《しぎやく》的な笑みが浮かんでいる。

「うーん、結構かわいい顔してるのになぁ、ふしぎぃ。おっきいし」

別にりりぃがおべっかで言っているわけではない。

身長は百八十センチメートルで男性アイドルグループに所属していてもおかしくないような、凜々《りり》しさと可愛らしさの入り混じった顔立ちをしている。体型にも極端さはなく、痩《や》せているわけでも太っているわけでもなく、筋肉がつきすぎているというわけでもない。

「あたしだったら、ほっとかないかなぁ。ここ以外で会ったら……」

そう言った後、カウンターから身を乗り出し、声を潜めて「うそ、今からでも食べちゃうよ」

とおどけるように言って、くすくすと笑った。

焼酎《しゅうちゅう》の水割りを相田は一息に飲み干す。情欲の火は胸の奥から現れて、耳の先っぽまで炙《あぶ》っている。その火が身体を焼く痛みを誤魔化すためにはアルコールの力が必要だった。

あまりにも扇情的な女だった。

「もう一杯下さい」

「そんな飲み方、身体に悪いよ」

肉欲から目を背けて酒に逃げ込もうとする男を見て、女は再び笑って水を注いだ。冷えた水が、喉《のど》を通り身体の内側で燃える火を少しだけ落ち着かせた。

「……けど相田さんの周りの女は見る目が無いね。じゃあ誰とも付き合ったこと——」

「付き合ったことはあるんです」

相田はりりぃの言葉を最後まで言わせなかった。そこに最後の尊厳があるかのように、割り込み、言った。

「まあ」

「ただ、アレがその…………」

沈黙がほんの少しだけ長く続いた。最後の言葉は相田の口内で具体的な言葉にならないまま、ただ彼の中を曖昧《あいまい》に巡っている。

「本番では、ふにゃっと」

りりぃは沈黙を切って捨てた。

「……えぇ」

苦々しい顔で相田が頷く。そこで抑えきれなくなったのか、りりぃはきゃんきゃらと輝くように笑った。

「わあ、かわいい」

心で思った言葉は一切濾過《ろか》されることなく、りりぃの口から零《こぼ》れた。

それ以上の思いも彼女の心の奥底で渦巻いている。出会って数時間の身長ばかり高いだけの男をカウンター越しではなく、ベッドの上で弄《もてあそ》んでやりたい。顔が見たい。この男が自分と繋《つな》がった時、どのような可愛らしい顔をするのだろうか。この男が自分と繋がれなかった時、どのような可愛らしい顔をするのだろうか。

「ねえ」

りりぃはもう一度、カウンターから身を乗り出して相田の耳に口を当てて、そっと囁《ささや》いた。

「あたし、今日はもう帰る時間だから……送ってほしいなぁ」

「えっ」

「あ、なんかヤらしいこと考えた？」

「いえ……」

その瞬間まで、相田が断ろうと思っていたことは間違いない。隣で眠る高橋のことであるとか、今までの相手だって段取りというものがあったではないか、とか、そもそも相手がからかっているだけかもしれないし、そもそも何らかの犯罪に巻き込まれてしまうのではないか、とか、そもそも自分は……とか、そういうなけなしの理由を集めて壁を築こうとしていた。

「いいけどね」

そう言って、りりぃの柔らかな手が相田の手を握った瞬間。もう、それだけで何もかも吹き飛んでしまって、それ以降は「はひ」とか「ひぃ」とか、言葉のようなただの鳴き声を吐き出しながら、こくこくと頷《うなず》くことしか出来なくなってしまっていた。

心臓の音がうるさい。

◆

りりぃの向かった先はどう見たって家ではなかった。かといって、ラブホテルというわけでもない。

「ごめん、忘れてた。もう終電無いんだった……始発まで、ちょっと休んでいこうよ」

全国に展開しているネットカフェである。流れるように手続きを済ませ、二人は他の部屋よりは多少は広いカップルシートで向かい合っている。

「ガッカリした？」

声を潜めて、りりぃが言った。ネットカフェの壁は薄く、普通に喋《しゃべ》るぐらいの声量ならば他の部屋にも容易に届く。

「いえ」

確かに落胆はある。だが、安堵《あんど》の気持ちの方が相田には大きかった。

下腹部で燃える淫靡《いんび》で甘い火は、己を容易に焼き焦がす。目の前の女に完全に下に見られていることはわかっているが、それでも恐ろしい。

結局、正しい性交を出来た経験はない、火は心の中で燃えているというのに、その火を灯《とも》す蠟《ろう》燭《そく》の方がぐにゃりと溶けてしまう。

その結果、罵《ば》倒《とう》されたことはない。ただ慰められ、次への期待をし、優しいまま——いつしか関係は終わる。別れて当然であると思う。ただただ自分が情けない。いっそ、二度と女を抱こうと思わなければ良《い》いとすら思う。

それでも、今こうして――本能の火は、熱く、甘く、燃えていた。今度こそは正しい方向に歩ける、と。その火が照らす道に相田は衝《つ》き動かされている。そうしてしまっている。

抱けないというのならば――悲しい。しかし嬉《うれ》しい。道の先にあるものが拒絶であるのならば、一生暗闇の中を彷徨《さまよ》っていたい。

「ちょっと後ろ向いて」

何故、そう思うまもなくくるりとりりぃに後ろを向かされる。ただ、遅れて「はい」と相田は答えた。

「相田さん、敬語のほうがラクな人?」

今更気づいたかのようにりりぃが笑う。

敬語のほうが楽だ。誰に対しても距離が一定になる。距離感というものを間違えるぐらいならば、最初から誰に対しても同じだけ離れればいい。そういうことを頭の中で考えるだけで、相田はただ頷いた。

「じゃ、ヤろっか」

瞬間、暗闇に閃光《せんこう》が走った。一瞬、火が強く燃え上がり道を照らす。りりぃは耳元で囁き、背後から相田の右手の指に自身の指を絡める。初めから一つの生き物であったかのように、体温が一つになる。

「声出したらバレるよ」

肌が密着し、二つの膨らみを相田はその背に感じた。声を上げそうになったのを必死で堪《こら》え、相田はただ耐えた。りりぃの左手が相田の唇に触れた。人差し指だけをそろりと伸ばして、囁く。

「あたしの指にキスしてて」

一つの生命だった右手が解《ほど》けて、雄と雌に戻った。その右手が相田の下腹部に向かって動く。

「今から声が出ちゃうようなことをするからね」

じい。ファスナーを下ろす音がやけにうるさい。窓が開く。中の物を淫靡な手が撫《な》ぜる。時に優しく、時に刺激的に、時に手が獣の口になったかのように烈《はげ》しく。相田は蹂躙《じゅうりん》されていた。ひたすらに声が出ないように、赤子のように指をしゃぶりながら。唾液《だえき》で細く長い指が濡《ぬ》れる。相田の全身がじっとりと汗ばむ。その瞳《め》にはうっすらと涙さえ浮かんでいた。

「……あれぇ？」

五分ほどが経過し、りりぃは首をひねった。中折れ——勃起《ぼっき》していても性交中に陰茎が萎《しぼ》んでしまうことである、つまりは相田が性交出来ない原因はそれであると思っていた。だが、根本的に勃起していないのである。

りりぃは手を止め、不思議そうに再び首をひねった。

「いったん、やめ」

「……っ、はい」

「ごめんね」

後ろから指で相田の涙を拭《ぬぐ》い、くるんともう一度相田に向き直らせた。

「かわいい」

もう一度、心で思った言葉がりりぃの口からそのまま零れ出た。そういう顔を相田はしていた。己の内側をとろりと融《と》かす快楽の火は、もう残り火すら無い。ただその火と同じ熱量の自己嫌悪が己を焼いている。

情けなくて、可愛らしい顔だ。

「……違うんです」

「違う？」

「……いつもは。ちゃんと出来るんです」

「んん？」

「ただ……」

相田はごにょごにょと曖昧な言葉を吐いた。

「ん？」

りりぃが微笑を浮かべて、聞き返した。どこまでも優しい顔をしていた。優しいからではないのだろう、と相田は思った。

「逃げてしまおう」と頭の中の冷静な部分が言った。

「きっと、お前は何も言えないぞ」と続ける。

その言葉通り、相田は何かを言おうとしてずっと黙ったままだった。相手が諦《あきら》めてしまうまで、黙っている――そういう信じられないような処世術がこの世界には存在する。自分が傷つきたくはない、しかしはっきりと拒否することも出来ない。

その結果、歪《ゆが》んだ対処法に辿《たど》り着いてしまうこともある。

「気になるなぁ」

だが、りりぃは真っ直ぐに相田を見つめた。目線を逸《そ》らそうとすれば、その目線を追い、顔を伏せれば、下から相田を睨《ね》め上げる。

心底他人を玩具《がんぐ》としか見ていないし、嫌われてもどうでもいい――世の中にはそういう人間がいて、その中の一人がりりぃという女だった。

逃げるしかない。だが、逃げれば嫌われる。黙っているのだって愚かなことだが、能動的に行動を起こすよりはマシだと思っている節が相田にはあった。

結局のところ、女だけに限らず人間関係そのものに不慣れなのである。

それでもどうにかして女を抱く寸前まで行けたのは、顔が良く、身長が高く、その雰囲気がなんとなく放っておけないようで可愛らしい存在だったからである。

じっと見られている内に、相田は泣きそうになった。結局のところ、自分が喋るまでは終わらないのだ。

つまりは己の秘密を。

「……首を」

「ん？」

「その……首を絞められたり、身体を切ったり、そういうことをしないと——」

絞り出すような声で相田は「勃起できないんです」と言った。

◆

その年の夏は長い時間を人間の体温と同じ気温で生きていた。生きているだけで汗が滲《にじ》む。外に出るなどとても推奨出来ない。そんな暑い夏の日に、相田はコンビニに向かって歩いていた。

「キミ、おっきいねえ」

中学三年生の相田に声を掛けたのは、制服から察するに女子高生だった。黒い長袖《ながそで》のセーラー服、黒く長い髪、雪のように白い肌、リボンだけが血のように赤い。身長は百七十センチメートルほど、女性としてはかなり高い。それでも、十五歳の時点で既に今の身長になっていた相田に比べれば十センチメートルほど低い。そんな女子高生がこの真夏日にセーラー服を着て、日陰にも入らず歩道の隅に佇《たたず》んでいる。

女子高生がほんの少しだけ相田を見上げて、笑う。

妖艶《ようえん》に、笑う。

心臓が、高鳴る。

どれだけ離れていたとしても、三歳の差でしかない。けれど、若い頃の三歳の差は大きい。少年の目の前にいたのは少女ではなく、女だった。その色香にもう出会った時点で堕《お》ちてしまった。

『初恋？』

相田の過去に割り込んで、りりぃが尋ねる。

『……初恋というなら小学生の時でした』

『その子とは付き合えた？』

『見てるだけでした』

『そういうところありそうだもんね、相田さん』

愉快そうにりりぃが笑う。

『ごめん、続けて』

「あっ、はい」

女子高生の言葉に対し、相田はそのように返事をした。それから沈黙があった。その沈黙にするりと滑り込んで、蟬が鳴いている。沈黙をみっしりと埋め尽くしてしまうほど、盛大に命を歌っている。

「聞いたりしない？」

「えっ」

「イヤ、行くなら行くでいいんだけど、そのまま黙っちゃうから……聞きたいことがあるなら、聞けばいいのにな～って、例えば私が何をやっているのか、とか」

「あー……」

しまったな、と相田は思った。よっぽど親しくないと会話のキャッチボールというものが苦手だ。家族とさえ、うまくいかない。なにか聞いたほうがいいのか、とか、上手《うま》い答え方がないか、とかそういうことがとっさに思い浮かばず、後から思いついてばかりいる。

『まあ、普通はそういうのテキトーにやるけどね』

「なっ、何やってるんですか？」

真夏の日に、セーラー服を着て、日差しを浴びている。一番近い言葉は自殺だろう。

「んふふ」

尋ねられて嬉しそうに女子高生は笑い、答えた。

「日向《ひなた》ぼっこ」

「……」

「言いたいことがあるなら、言ってもいいよ」

「えーっと、その……暑くないですか？」

「暑いよ」

「どっか行ったほうがいいですよ……」

「そうだね、じゃあ……」

微笑んだままの女子高生が誘うように言った。

「私、これから帰るんだけど……キミも一緒に来ない？」

「えっ」

繊細な唇が誘惑の言葉を紡ぐ。

「ウチ、誰もいないよ」

鼓膜どころか、心臓が震えた気がした。

『ヤッベェ女ァ〜！　変態じゃん！』

愉快そうにりりぃが笑う。

『じゃあ、アレ相田さん変態の女子高生に誘われたワケ？』そう言って、りりぃは『モッテモテじゃん』とからかうように相田の脇腹を突《つつ》く。

どう返事をすればいいかわからなかった。ただ、無言でコクリと頷いて、女子高生の後を相田はついて行った。騙《だま》されているとか、からかわれているとか、そういうことは一切頭になかった。ただ、早鐘を打つ心臓が相田を急《せ》かしていた。相田の頭は愚かだったが、身体だけはどう動くべきかを知っている。

五分ほど歩いた先の木造建築の平屋が女子高生の家だった。然程《さほど》広くはない。家中がカーテンに覆われていて、薄暗く、どこか湿っている。怪しい。けれど、それがどうしようもなく相田の感情を走らせる。

電気をつけていないが、僅《わず》かに漏れてくる外の日差しで中の輪郭ははっきりとわかった。彼女の部屋らしき部屋に招かれて、座らされる。

「……ねぇ、キミ。知らない人について行っちゃダメってセンセイに教わらなかった？」

暗い部屋の中、女子高生の姿は曖昧な影を相手にしているようで輪郭しかわからない。けれど、相田には女子高生のからかうような笑みがはっきりとわかった。

「えっ」

冷や水を浴びせられたようだった。

からかわれている——その可能性にようやく、気づいてしまった。相田の桃色にのぼせ上がった頭が、ようやくマトモに動こうとしている。

「いけないよ、キミ。そういうことをしたら……とんでもないことをさせられるかもしれないよ」

「とんでもないこと」

しかし、ふっと風に揺れた欲望の火が再び燃え上がった。女子高生がセーラー服の袖をめくった。薄暗くてよく見えないけれど、なにかしらの線が走っているように見えた。

「舐《な》めて」

「……っ！」

頭では驚いている。良識は拒絶している。けれど、身体は今すぐにでもそれを舐めたがっている。

「……手首から肘《ひじ》まで」

女子高生は指でつうと線を引いた後、その線をなぞるように自分でも舌を這《は》わせた。暗闇で見えないはずの唾液の線が見えた気がした。そのすぐに乾いた唾液の線を、欲望を追うようにすうっと相田は舐めた。その肌には線状の奇妙な膨らみが幾つもあった。舐められる度に、女子高生の身体はぞくりと震えた。

「ねぇ、キミ。アームカットって知ってる？　カッターでね、自分の腕を切っちゃうの。痛くてね、気持ちいいんだよ……」

『ヤッベェ女ぁ！』

また愉快そうに、りりぃが笑う。

『でも、相田さん……いや、相田さんじゃなくても逃げないか』

『…………』

『どんな変態だって、食いついちゃうからね。童貞はね。セックスっていうか、そういうのじゃないからね。なんていうか相手に許されたいと思ってるからね。距離を詰めることを女の方に許してもらえるんなら何でもやるでしょ？』


「やってみない？」

荒い息と心臓の高鳴り。興奮が暗い室内を満たしていく。

「やってみない……って？」

「親指でね」

女子高生がカッターナイフを取り出し、親指を切った。ぷくりと赤い玉が弾《はじ》け、流れる。その傷口で相田の頬を撫ぜる。

「親指と親指の傷で……チュー」

人差し指で己の頬についた血を相田は撫ぜる。尋常な状況ではない。けれど、相田にとっては初めての赦《ゆる》しだった。

「やってみたくない……？」

厭《いや》だ。痛いに違いない。正気の沙汰《さた》ではない。けれど、考えてしまっている。血に濡れた親指と親指が重なる。相手に触れたい。

「あぁぁぁぁぁぁっ」

時間をかけて、相田は刃先を親指の腹に押し付けた。不慣れだった。血がだらりと溢《あふ》れる。

「ちゅーっ」

その赤く濡れた指先が女子高生の親指と重なる。自慰のような甘い愛撫《あいぶ》の快楽は無い。空想の中で揉《も》んだ乳の柔らかな感触もない。けれど、幸福だった。そういうものに、相田は出会ってしまった。

「ねえ、また来なよ。キミ……連絡先教えて」

血の口づけよりも赤い唇が、甘い誘いの言葉を吐いた。相田はただこくこくと頷くことしか出来なかった。

『これだから童貞はねぇ……』

呆《あき》れたようにりりぃが言う。

『変態女子高生の内緒の玩具になったワケね。もう、オチはわかったんだけど、一応聞いたげよう』

家に帰ってきた時に、まともになる機会はあった。連絡先を消して、二度と会わなければ良い。きっと、後に普通の女と付き合う機会が——あるのだろうか、と相田は思ってしまった。

初めてのものは、それが全てのように思える。初めての恋人に対して結婚というゴールを見据えてしまうようなものだ。初めての一回はその後に何回も機会があれば、後からそれがただの一回だと知ることが出来るだろう。

だが、誰が未来があると知れるだろう。誰が欲の炎に焼かれたまま理性に従えるだろう。女子高生からの連絡が来る。相田は返信をする。沼に足を踏み入れてしまった。

切り、殴り、打ち、縛り、絞める。

そういうことをやった。

自分の痛みよりも、女子高生がうっとりとした瞳になることが相田には嬉しくてたまらなかった。

赦しを得る快楽。

『つまるところ、恋愛関係はそういうものだなんて言ったりしない？』

つまるところ、恋愛関係はそういうものだ。

『も～！』

その関係性が唐突に終わりを迎えたのは、女子高生が相田に飽きたからでもなく、相田が女子高生に怯《おび》えたからでもない。その、関係性が女子高生の両親に露見したからだ。

恋愛関係というにはあまりにも異質であった。彼女はむっつりと押し黙って、相手が誰であるかは決して喋らなかった。けれど通院と転校の手続きは速やかに行われ、連絡手段は破棄された。

「じゃあ、もう会えないね……」

相田は夜中にそろりと抜け出して、昭和の恋人のように小石で窓を叩《たた》き、女子高生に来訪を告げ、静かに二人抜け出して、夜中の公園で仲睦《なかむつ》まじく寄り添い合った。

「ねえ、キミ……私達」

いつものように瞳をうっとりとさせて、女子高生が何かしらの言葉を発しようとした。けれど、ただ黙って——その続きは何も言わなかった。ただ、言い訳をするように「いつか、また会おうね」と言った。

「はい」

切らず。殴らず。打たず。縛らず。絞めず。二人は幼い子どものように、指を絡めた。

赤い糸は血の色をしている。

その後の新聞記事で、一人の女子高生が溺死《できし》したことを相田は知った。

あれから相田は普通の人間が失恋をしたように、新しい恋人を作り、そして別れた。おそらく相田の中の普通の人間は彼女の死を知った時に、一緒に死んでしまったのだろう。

「だから……」

言葉を続ける前に、りりぃは相田の首を絞めた。

ただ、強く、強く、強く。相田の股間《こかん》が膨れ上がり、そしてパンツを濡らした。尿でない臭いが周囲に広がる。

「セックスはあの世まで取っておくんだね」

相田はただ一人、射精した。

身長が八尺ぐらいある幽霊が
俺にビンタしてきて辛い！

俺の頰に衝撃が走った。女の痩《や》せた手が俺の頰を強《したた》かに打ち付けたのである。生きた人間によるものではなかった。今、俺は幽霊にビンタされている。二メートル四十センチはあるであろう巨大な女の幽霊だ。足はあるが、その姿はうっすらとぼやけている。

咄嗟《とっさ》の攻撃に思わず腕を上げて顔を庇《かば》うも、そうすれば頭を叩《たた》かれる。俺は幽霊に平手で叩かれ続けていた。連続する痛みと俺を見下ろす冷たい視線を受けながら、俺は心の中で思った。

幽霊の恐怖ってそういうのじゃないだろ！

◆

◆

「幽霊にビンタされる廃アパートの噂を知ってっか？」

九月の暑い日、いつものファミリーレストランで先輩が唐突にそう言った。

もう九月も終わりかけて十月を迎えようとしているというのに、夏はべっとりとカレンダーに染み付いていて、めくってもめくっても暦だけが変わるばかりで秋は一向に見えない。窓から射し込む強い日差しはスポットライトのように先輩を照らしていて、こんな眩《まぶ》しい場所で幽霊の話をしてもな、と思う。

「幽霊はそんな物理攻撃しないでしょ」

「幽霊は物理攻撃をしてこない、そんな常識を打ち破ってくる新手の幽霊だ。怖いだろ」

幽霊の恐ろしさは不可解なところにあるのであって、そんな直接的に攻撃されてもな、と思う。幽霊によくわからない呪いを受ければどうにも出来なそうな感じがするし、背後から触れられるだけというのも、何らかの意図を感じて恐ろしい。

けれどビンタは——幽霊も物理攻撃するんだなぁ、となってしまって、あまり恐ろしくはない。というか、ちょっと格闘技をやっている人なら逆に攻撃を受けてカウンターを入れることすら出来そうである。

そこまで考えて、俺の中に閃《ひらめ》くものがあった。

「ちなみに、その幽霊にビンタされた部分が腐るとか、病気になるとか、そういうのがあったりします？」

ただのビンタならば怖くはない。だが、幽霊のビンタならばその後に何かがあってもおかしくはない。発端が物理攻撃であったとしてもせめて幽霊にはそういう理解不能な恐ろしさを期待したいものである。

「なんだよそれ毒手じゃあるまいし……もう二十歳なんだからビンタされただけで満足しとけよ……」

呆《あき》れたように先輩が言う。

なんかもう幽霊の攻撃というよりも、ファンサービスについて聞いているような気分になってきた。頭の中で古典的な女幽霊が「元気ですかーッ！」と叫んでいる。幽霊に会ったら元気なくなるだろ。

「そういう幽霊のいる廃アパートが、六文字町《ろくもんじちょう》にあるらしい」

先輩が近くの駅から二十分ほどかかる町の名を言った。割と殴られに行ける距離の幽霊であるらしい。

「まだまだ暑い日が続くなぁ、こういう日は――」

「イヤです」

先輩の言葉に先回りして、俺が言う。

先輩は有り余る時間を内定や単位のためではなく、暇潰《ひまつぶ》しのために費やしており、なにか面白そうなものがあれば気軽にひょいと行ってしまう人間である。そんな先輩に付き合わされて幽霊が出ると噂のトンネルや、深夜の寂れた神社に行ったこともあるが、結局出会ったのはヤンキーだけであった。幽霊に出会っても困るが、ダメージを確実に与えてくるという点において生きた人間に勝るものはいない。おそらく今回もそういう結果に終わるだろう。

「お前の不安もわかるが安心しろ」

アイスコーヒーをストローで吸い上げて先輩が笑う。

「家の持ち主から許可は取れてっから」

「そういうことじゃないです。俺たち、心霊スポットでヤンキー以外に出会ったことはありますか？」

「今回は町中だし、ちゃんと管理者がいる廃屋だから大丈夫だろ」

こいつ……何も考えていないようで、今までの経験から安全面に配慮して場所を選んでやがる。

「それにお前……幽霊に会って呪われたり祟《たた》られたりしたら怖いけど、ビンタされるぐらいなら、まぁ別に良くねぇ……？」

「それはまぁそうですが……」

幽霊の物理攻撃は恐ろしさに欠けるし、確かにビンタでは死ぬほどのことはなさそうだ。っていうか心霊スポットで会ってきたヤンキーの方が怖い。

ってていうか先輩も内心では怖くないって認めているじゃないか。

「ただ先輩」

「なんだ？」

「物理攻撃を仕掛けてくるなら幽霊じゃなくて普通に人間な気がするんですよね」

噂の正体は勝手に住み着いた住人で幽霊と見間違えただけじゃないのか、結局はいつも通りの生きた人間というか心霊スポットのヤンキーが一番怖いというオチになるのではないか。俺はそういうことを先輩に滔々《とうとう》と訴えた。

「だとしても……」

先輩は苦虫を噛《か》み潰したような顔をしながら、俺をアパートに誘う魔法の言葉を探しているようだった。

「だとしてもだよ……」

「はい」

「私が独りで行っても寂しいだろ……」

「じゃあ、行かなきゃいいじゃないですか……」

しばらく沈黙があった。昼の陽射しがアイスコーヒーの氷を溶かす。からりと音が鳴る。

体勢を崩したストローが持ち主を捜すかのように揺れる。

「独りで行っても寂しいだろ……」

もう一度先輩はそう言って、上目遣いで俺を見た。

かくして俺たちは電車に乗り、目的の廃屋へ向かうことになったのである。

◆

六文字駅を出てしばらく歩く。錆《さ》びたトタン外壁にブリキ看板がかかっている。黄色い字で神の実在を訴える黒地の看板。多分、もうお金を貸してくれないだろう金融業者の看板。木造の長屋はこの町では今も現役だ。入居者が全員いなくなるまで、消えることはない。六文字町はそういう場所だった。色褪《いろあ》せた町だ。

県の最低賃金でアルバイトを募集するローカルのスーパーを右に曲がり、だらだらと続く坂を下っていくと、やがてそれは見えた。

周囲の建物よりも頭一つ分高い、三階建てのアパート。泥まみれの雪のように汚れた外壁、ベランダの手摺《てすり》には蔦《つた》が絡みついている。放置された墓標のようだ。誰からも忘れさられて、ただ痕跡《こんせき》だけが残っている。ここに出るという幽霊もそのような存在なのだろうか。

時刻は三時を少し回った頃、まだまだ太陽は空で元気そうにしているが――陽光に照らされているぐらいでは薄気味悪さは拭《ぬぐ》えそうにない。

けど、出るのはビンタする幽霊なんだよなぁ。

「あそこ」

そう言って、先輩はアパートの正面から二階の中央にある部屋を指し示す。部屋とベランダを繋《つな》ぐガラス製のベランダドアは薄汚れていて、ヒビが入っている。カーテンはないが下から見上げても中がどうなっているのかはわからない。けれど、あの有様でまともな住人がいるということはないだろう。幽霊がいてもおかしくはない、生きた人間だっているかもしれないが。

「そういえば、先輩……今更言うのもアレなんですが」

「どうした？」

「真っ昼間から出るものなんですかね、幽霊って」

幽霊は夜勤が基本、多少早かったとしても夕勤というイメージがある。抜けるような青空の下では幽霊も出づらいのではないかと思う。

「昼にしか出ないらしいな」

「えっ」

「管理者が言ってたから、間違いねぇ」

「……管理者公認の幽霊なんですね」

「まあ、そういうことになるな」

管理者が見たのが幽霊ではなく人間であったならば、ただの警察沙汰《ざた》で終わっただろう。ならば本物の幽霊が出る——ということになるのだろうか、ビンタをしてくる幽霊が。

「っていうか先輩」

「ん？」

「どう言って、管理者に許可を取ったんですか？」

「そりゃあ肝試しをしたいという私達の情熱に突き動かされたんだろ」

そう言う先輩の視線が俺から逸《そ》れて宙を彷徨《さまよ》っている。

「達じゃないでしょ」

「私達はお互いを助け合う大切な仲間じゃないか」

おそらく幽霊を見ているわけではないだろう、俺から視線を逸らしたいだけだ。わかりやすいほどにやましいことがあるらしい。

「逆じゃないんですか？」

「逆って？」

「このアパートに来たいから管理者と接触したんじゃなくて、管理者と接触した結果、このアパートに来ることになったんじゃないですか？」

「……ちがうよぉ」

殆《ほとん》ど息と変わらないぐらいの小さい声で先輩が言った。間違いない、俺は確信を持って尋ねる。

「その幽霊が出るっていう部屋を調査したら、バイト代が出るんじゃないんですか？」

汗が先輩の足元に落ちて、アスファルトに黒い染みを作る。相変わらず俺から視線を逸らしたまま、先輩が言った。

「私の親戚《しんせき》の知り合いにアパートの管理者がいてさ、今となってはもう入居者もいなくなってしまったから、取り壊すなり、改築するなりした――」

「いくら出るんですか」

滔々と語り始めた先輩の言葉をせき止めて、俺は言った。そのまま、じっと先輩を睨《にら》んでいると、先輩は観念したようにぼそりと呟《つぶや》く。

「……一万円」

「本当は？」

「一万五千円」

「半々ですよ」

「……はい」

そういうことになった。

◆

こつ。こつ。こつ。

誰もいないアパートに靴音だけがやたらにうるさく響く。外廊下の天井に張った蜘蛛《くも》の巣、好き放題に伸びる植物。人間ではない住人はこのアパートで元気に暮らしているらしい。

「元々は二十年ぐらい前に親子が三人で暮らしていた部屋らしいが、父親が亡くなり、その一年後ぐらいに子どもが亡くなって……母親が引っ越した後、幽霊が出るようになったらしい」

「子どもの幽霊ってことですか」

「いや、身長二メートル超えのでっけぇ女の幽霊らしい」

「えぇ……」

「どれだけ家賃が安くても、でっけぇ女の幽霊にビンタされる部屋に住めたもんじゃねぇからなぁ。そのうち他の住人もいなくなって今の状況というワケ」

言葉を交わす内に俺たちは例の部屋の前に到着した。表札に名前はない。あったとしても前の住人のものであって幽霊の苗字ではないだろう。インターホンはカメラ機能のついていない古いタイプのものだ。

「じゃ、開けんぞ」

先輩が管理者から預かったであろう鍵《かぎ》を差し込んで解錠する。ドアノブを引くと、ぎいと軋《きし》んだ音を立ててスチールの扉が開く。玄関からリビングに通じる狭い廊下の右手に小さいキッチンがあり、左手は水回りに通じているのだろう。開け放たれたリビングの扉から、部屋の中には何もないのが見える。汚れたフローリングの床を陽光が照らしていた。

「……まぁ、人間がいなくてよかったですね」

「……ああ」

言葉少なに俺たちは土足のまま家に上がり込む。廊下には何もいない。入り込んだリビングには、やはり何もなかった。生活の痕跡すら消え去った何もない部屋。住居に対してこの言葉を使うのが適切かどうかはわからないが、家の死骸《しがい》のように思えた。

「何もないですね」

「そうだなぁ」

「幽霊が出るまで待っていればいいんでしょうか」

「まあ、そのうち出るだろうし……」

瞬間、煙草の甘ったるい臭いがした。先輩が吸っているのか——ほんの一瞬、そう思う。だが、そんなワケがない。先輩はその手に何も持たず、大きな目をさらに大きく見開いて、俺の背後を見据えている。

嫌な予感がして、俺は咄嗟に振りかえった。

俺の身長は百七十センチメートル、高いというワケではないが特別に低いというワケでもない。そんな俺が幼児のように女を見上げている。

巨大な女だった。

アパートの天井を頭が擦《こす》っている。足はあるが、その全体がうっすらとぼやけている。どこかで聞いたことがある。一般的な天井高は二メートル四十センチ、つまり女の身長はその程度あるらしい。少なくとも二メートルを超えていることだけは間違いない。

その女が俺の頬を平手で打った。

「おおおおおおおお！！！！！！！！！」

痛みに思わず叫ぶ。信じられないことに俺は今、幽霊にビンタされている。別に肉が腐るワケでもないし、なにか気分が悪いワケでもない。ただシンプルに強く、痛い。咄嗟の攻撃に思わず腕を上げて顔を庇うも、そうすれば頭を叩かれる。俺は幽霊に平手で叩かれ続けていた。連続する痛みと俺を見下ろす冷たい視線を受けながら、俺は心の中で思った。

幽霊の恐怖ってそういうのじゃないだろ！

「せんぱっ！　先輩助けっ！」

先輩は部屋の隅で目を瞑《つむ》って、手を合わせながら何事かを唱えている。

「成仏してください！　成仏してください！　私のことは恨まないで成仏してください！」

「それ幽霊に言ってるんですか⁉　もしかして俺に言ってませんか⁉」

嵐のように襲い来る攻撃を俺はひたすらに耐え続けた。幽霊の猛威の前に、俺はただ無力だった。

「……チッ」

十分ほど攻撃は続いただろうか。舌打ち一つ残して、幽霊が消え去る。全身が痛い——だが、俺は幽霊のビンタに耐えきったのである。汚い床だったが、俺は気にせず大の字になって寝転んでいた。

ボコボコにされた俺を気まずそうに先輩が見ている。

その瞳には涙が滲《にじ》んでいた。

◆

夜のファミレスで俺と先輩は向かい合っている。注文は全て先輩の奢《おご》りだ。流石にこれぐらいはしてもらわないと困る。

「……いや、ほんと悪かった」

「俺が一万円ですよ……」

「わかった、もうそういうことにしよう」

もう済んだことだ。俺は幽霊にボコボコにされたが、それでも痛いだけだ。結果的にはよくわからない呪いや祟りよりはマシと言えるだろう。

「ところでさ――」

こいつを見てほしいんだ、そう言って先輩が財布から一枚の写真を抜き出して、俺に見せた。

若い親子の写真だ。

仲睦《なかむつ》まじく見える夫婦、母親のほうは幼児を抱いている。俺にとっても、そして先輩にとっても見覚えのある顔だろう。写真の母親はあの幽霊だった。写真の彼女から身長を推測するのは難しいが、あの幽霊ほど巨大ではないであろうことはわかる。

「これは」

「例の住人、この子は一歳ぐらいで、この写真を撮った一年後に親父が死ぬ」

幽霊が出現するきっかけになったという親子だ。幸せそうに見えるが、この後に不幸に見舞われると思うといたたまれない。先輩が俺の顔を見て納得したように頷《うなず》く。俺の見た幽霊が写真と同じか確認したかったらしい。

「この母親が死んで……幽霊に……?」

「いや、母親は今でも生きているらしい」

余計にワケがわからなくなる。

子どもや父親の幽霊が出るならばわかるが、筋道が通らない。

「なぁ……」

「なんです？」

「いや、いい……」

先輩はそう言って「イヤな想像をしちまっただけだ」と言った。もしかしたらこの幽霊に関する何らかの答えが先輩の中で出たのかもしれない。

「聞かせてくださいよ」

しばらくの沈黙の後、俺は生ビールを飲み干し、言った。苦味が喉《のど》を通り過ぎてゆくだけで、ちっとも酔わせてはくれない。酔いに任せたフリだけをして、俺は先輩を促す。

「今更さ、私達には何も出来ねぇよな……霊能力があるワケじゃないし、そういう知り合いがいるワケでもない。あそこに対して出来ることは何もねぇんだ……それでも聞いてくれるか？」

「聞きますよ」

俺がそう返すと、先輩も生ビールを飲み干した。顔色は変わっていない、俺と同じなのだろう。

「死んだ子は……親父が死んだ後に虐待されてたらしい」

先輩の言葉を聞いた瞬間、俺は先輩の言った「イヤな想像」を理解したように思えた。

「私には幽霊に何が出来るかなんてわかんねぇ、けど……やっぱり、あそこに出たのは子どもの幽霊なんだろうな」

写真の幼児を俺は睨むように見た。この子の死はおおよそ二年後、その時の年齢は三歳ぐらいだろうか。この子と母親の身長差を頭の中で想像する——そして、俺は巨大な女幽霊を思う。

「あの子は助けを求めていたんでしょうか」

「母親のくれた愛情を忘れないように何度も何度も思い出していたのかもよ」

答えは出ない。

ただ、間違いなく言えることは一つだけある。
何も出来ない――ということだ。

あの日から半年が経ったが、あのアパートは今も六文字町に建っている。

ホラーのオチだけ置いていく

【井田羽美心《いたはみこ》　享年十】

テーブルに置かれた誕生日ケーキの上には十本の蠟燭《ろうそく》が円を描くように並んでいた。電気の消えたリビングを十本の蠟燭の明かりだけが照らしている。井田羽美心、中年の男女二名はケーキを囲むように座っている。

「ハッピーバースデートゥーユー、ハッピーバースデートゥーユー」

井田羽美心の誕生日を祝福する中年男女二名の歌声が室内に響き渡った。満面の笑みを浮かべて井田羽美心はそれを聞いている。

「さぁ、ミコ。蠟燭の火を消そうか」

「はーい」

男性の促す声に、井田羽美心が蠟燭の火に向けて息を吹きかけた。一度の息で蠟燭の火は全て消え、それを見た中年男女二名が拍手を送る。光源が消え、室内の光景は不明瞭《ふめいりよう》。

「よーし、じゃあ次はどうかな？」

液体を床に撒《ま》く音。チッチッというライターの着火音。黒煙を上げて床一面が燃えている。

「がんばれーミコ、がんばれーミコ」

中年男女二名が笑みを浮かべ、井田羽美心に声をかけている。二名は炎の直ぐ側に直立している。井田羽美心は這《は》いつくばって、炎に向かって息を吹きかけている。

炎が勢いを増していくが、それらを一切意に介することなく、井田羽美心は炎に向けて息を吹き続けている。

以上が発見されたビデオカメラの映像である。

井田羽家の焼け跡から見つかった遺体は井田羽美心のものだけで、中年男女二名、及びこの映像の撮影者の詳細は未《いま》だに不明である。

井田羽幸次郎《こうじろう》、井田羽明美《あけみ》、井田羽晴彦《はるひこ》の行方は現在もわかっていない。

【イミギ(ハンドルネーム) 享年二十一】

リポスト済み
- @******* ・現在
逃さん

イミギ @******* ・6秒
すうももみこしかみこしかとせめしこきをとこすうもとえまためよきいまたえらは
ばをんらあれがけみつとごがまのろもろも

イミギ @******* ・6秒
ちたみかおおのどえらはるせまりなにきとしいまたえらはぎぎそみにらはぎはあのどお
のなばちたのかむひのしくつみかおおのぎなざいきこしかもくまけか

リポスト済み
- @******* ・4時間
見ている

リポスト済み
-- @******* ・8時間
見ている

リポスト済み
--- @******* ・12時間
見ている

リポスト済み
---- @******* ・16時間
見ている

イミギ @******* ・3時間
もごよひ様っていうのは何だったのかわからなかったしちょっと遅くなったけど朝食にするわ

イミギ @******* ・8時間
イミギの母親です。
昨日、息子は息を引き取りました。生前、息子と仲良くして頂きありがとうございました。

引用した投稿は全て、イミギ氏のパソコンから行われていた。キーボードからは十六種の指紋が検出されている。

【木行《きゆき》三彦《みつひこ》　消息不明】

【Bさん（木行三彦の友人）より】

Bさん宅で聞き込みを行う。

あー、三彦ですか。いなくなってから、もう三年も経つんですね。

いや、生きてるんじゃないですかね、とても死んだとは思えない。殺したって死なないやつですよ。

消える前になんか言ってたかって。そうですね、次は俺だ、って言ってましたね。何の次がアイツだったのかはよくわかりませんけど。

トラブルは特に無かったですね。気は優しくて力持ち、その言葉がアイツをそのまま表してますよ。

いなくなる前ですか。いい被写体を見つけたって喜んでましたよ、あいつ写真が趣味ですからね。俺も披露宴で写真を撮ってもらいましたよ。よく撮れてるでしょう。

Bさん、数枚の写真を提示する。

一枚目、ウエディングドレスを着たマネキンとタキシードのBさんが並んでいる。

Bさんは笑みを浮かべている。

二枚目、証明写真のようなBさんのバストアップ、Bさんはタキシードを着ている。

Bさんは無表情。

三枚目、ウエディングドレスを着たマネキンとタキシードのBさん、笑顔でケーキ入刀を行っている。

四枚目、ウエディングドレスを着たマネキン、タキシードのBさん、二人の両親と思われる礼服を着た老年の男女四人と木行三彦。全員が無表情。

Bさんを刺激する可能性はあったが、写真の内容について尋ねる。

一枚目の写真ですか、嫁さん、なかなか可愛いでしょう。二枚目は、なんだこりゃ、こいつこんなに写真撮るの下手だったたっけ？　いや、待て、誰だこれ。おい、ちょっと来てくれ。なんだこのふざけた写真は。

以降、Bさんが部屋の隅に置かれていたマネキンに話しかけ始める。これ以上の会話は不可能であると思われたので撤退した。


【葬儀】

木行三彦の遺体が発見されたとの連絡をBさんから受けて、葬儀に参列する。遺影にはマネキンが写っている。棺《ひつぎ》の中にはマネキンがバラバラにされて入っていた。

参列者にマネキンがいないことを確認し、退出する。現在も木行三彦の遺体は発見されていない。


【木行一太郎《いちたろう》（木行三彦の父親）の通話内容】

はい、そうなんです……調査の依頼なんてした覚えはないのに、この紙が家の中に入っていてどうしたものかと……はい。

【稲村知恵《いなむらちえ》　消息不明】

「わーい、わーい」

商店街を笑顔で走り回る稲村知恵の様子、右手にはソフトクリームを持っている。

「そんなにはしゃぐと危ないぞ」

「アイス落としちゃうわよ」

稲村慶彦《よしひこ》、稲村文枝《ふみえ》、稲村知恵を遠巻きに注意する。

「はーい」

稲村知恵、両親からの注意を受け、走るのを止めて、両親の下へと歩いていく。しばらく稲村家の三人が歩いている様子が写っている。

「ね、ねぇ……おとうさん、おかあさん、あれ何？」

稲村知恵、足を止めて、街灯の方を指差す。

「あれって、ああ……街灯だよ」

「夜になったら光るの、知ってるでしょ？」

「違うよ！　街灯じゃなくて……あれだよ！」

稲村知恵、両親の返答に頭を振《かぶ》り、叫ぶ。あくまでも街灯の方向を指差しただけで、実際に彼女が示したいものは街灯ではないらしい。ただし、その方向に街灯以外のものはない。

「おばけだ！　おばけがいるよ！」

「おばけはお前だ」

「おばけはお前だ」

「おばけはお前だ」

「おばけはお前だ」

「おばけはお前だ」

「おばけはお前だ」

稲村慶彦、稲村文枝、及び通行人が一斉に稲村知恵に視線を向けて呟《つぶや》く。映像終了。

以降、稲村知恵の消息は不明であり、稲村慶彦、稲村文枝、及びビデオカメラに写っていた人間は全員死亡している。

ビデオカメラの撮影者は不明。

【姫宮華《ひめみやはな》　享年十七】

「娘は幸せ者だ」と姫宮華の母親である姫宮咲《さき》さんは涙ながらに記者に語った。

「娘のためにね、クラスの皆さんがこんなに心温まる寄せ書きを書いてくださったんです」

咲さんが取り出したのは『ブス　二度と学校に来れなくなって良かった　屑《くず》野郎　地獄に堕《お》ちますように　自分が何をしたのかわかっているのか　地獄で詫《わ》びろ　許さない　お前の担任になったのは教師人生で最悪の汚点だ』等の文章が所狭しと書かれた色紙だった。

「私もね……娘に思いが届くように……色紙の裏ですけど、メッセージを書いたんです」

記者が色紙の裏を見ると、丁寧な字で『お前なんて産むんじゃなかった』と書かれていた。咲さんの人柄が窺《うかが》えるような柔らかで温かい字体である。

「大丈夫、娘さんは間違いなく地獄に堕ちますよ」

姫宮華が何をしたのかは知らないが、間違いなくそうなるだろう。不思議とそう思えた。

【消息不明】

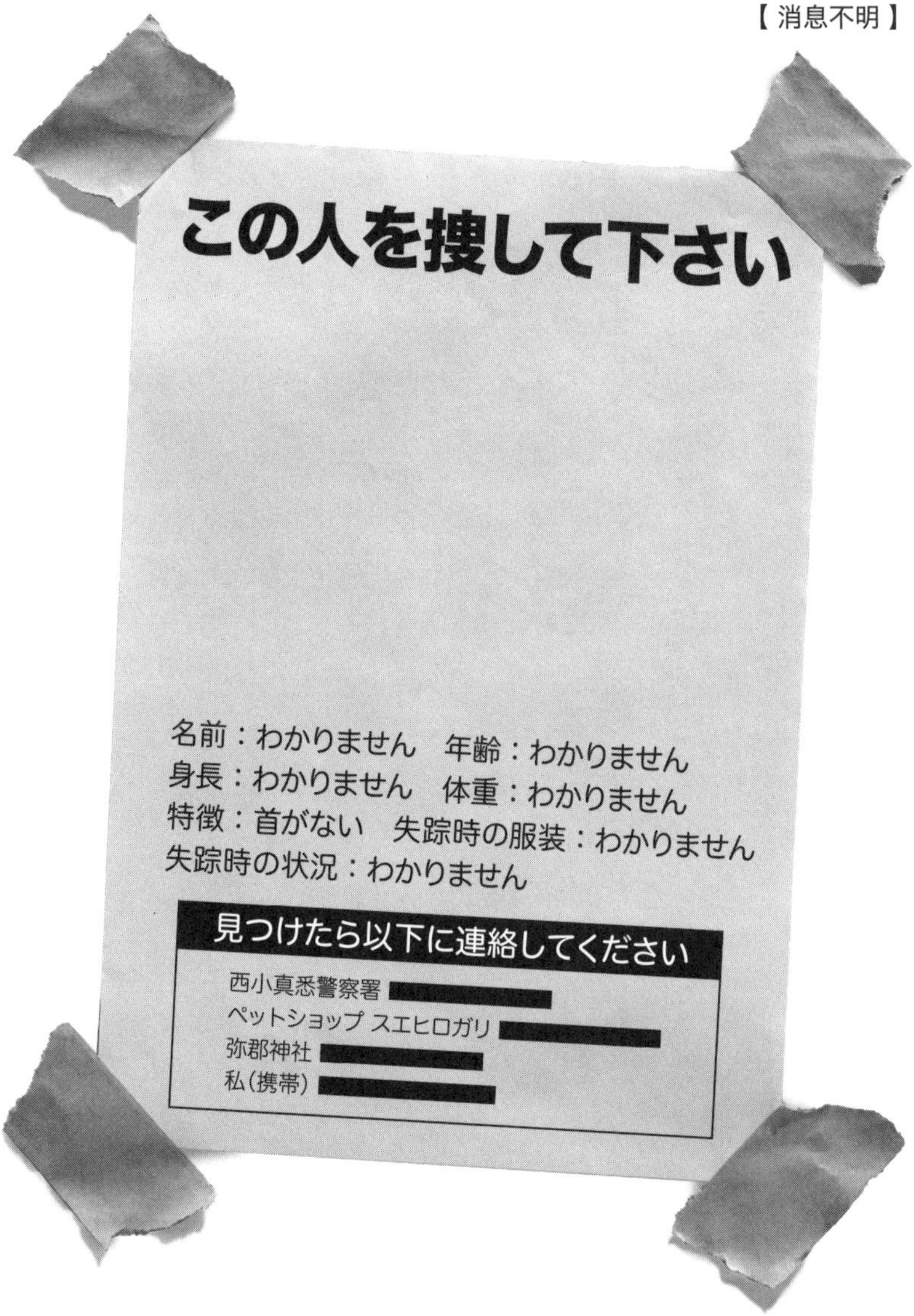
この人を捜して下さい
名前：わかりません　年齢：わかりません
身長：わかりません　体重：わかりません
特徴：首がない　失踪時の服装：わかりません
失踪時の状況：わかりません
見つけたら以下に連絡してください
西小真悉警察署 [redacted]
ペットショップ スエヒロガリ [redacted]
弥郡神社 [redacted]
私（携帯） [redacted]

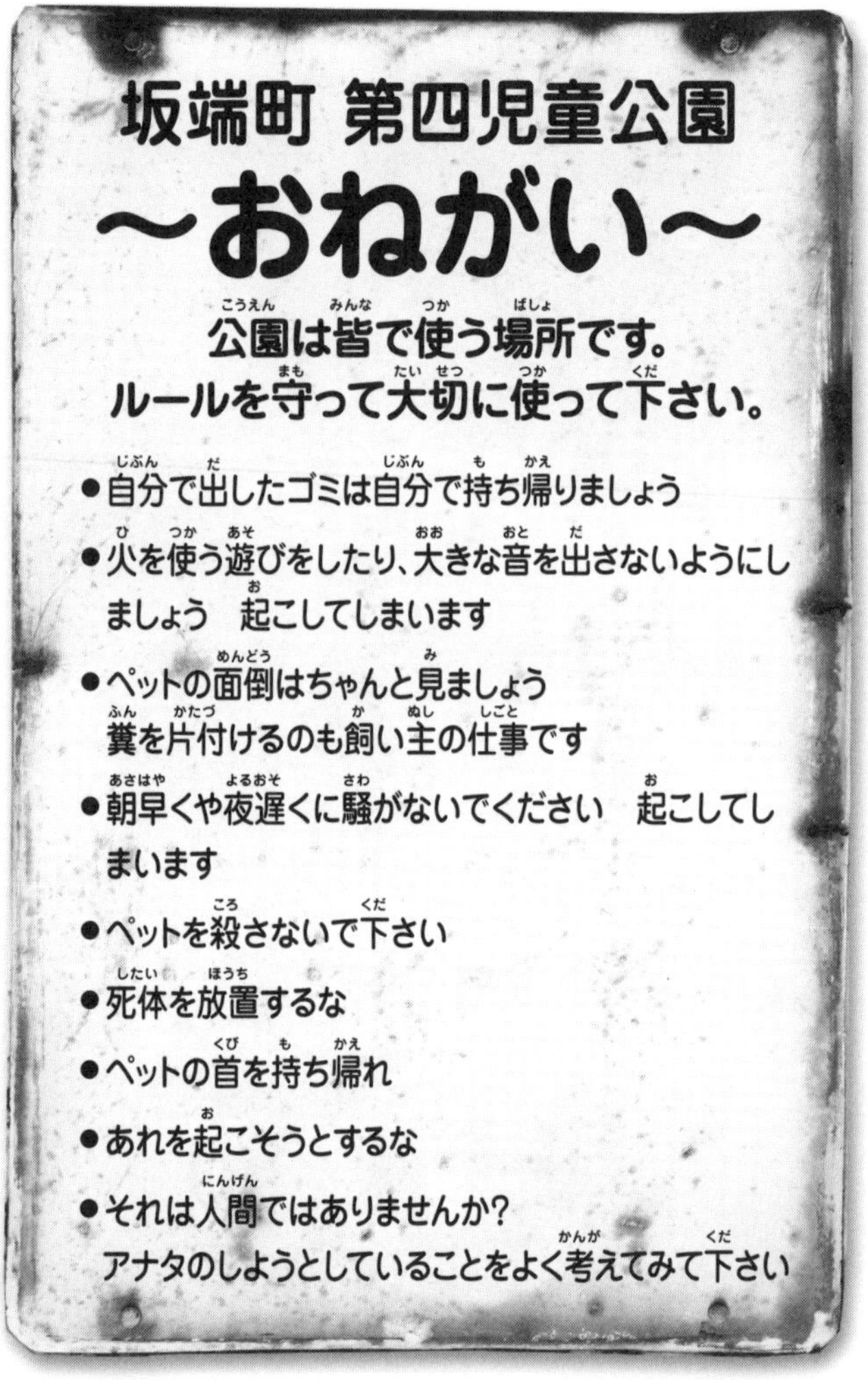

坂端町第四児童公園は安全面を考慮して現在封鎖中である。

【宝田賢人　消息不明】【懸町 某民家に投函されていたチラシ】

アナタの生活の中に　ホームセンター ヨロボフ

新装開店 セール

トイレットペーパー ¥10	
洗剤 ¥6	脚立 ¥200
掃除機 ¥1000	
ベッド ¥500	
犬 ¥800~	
人間 ¥2980~	
冷蔵庫(中身含む) ¥3000	
肉 ¥10	家 ¥29000

その他様々な商品があります 是非お越し下さい

チラシに書かれた住所は宝田家の存在している場所であった。宝田賢人、その妻子、及びその飼い犬は現在も行方不明のままである。

【ID:aFaojtyo0　消息不明】

田舎に帰ったら神様に祟られた話 PART4

42 名前:本当にあった怖い名無し
投稿日:2008/06/13(金)18:54:44 ID:aFaojtyo0
結論から言うと、祟りは無かった。地蔵を破壊したのは村人だったし、動物の死体をバラ撒いたのも、一日中実家の周りを彷徨いていたのもアイツら。爺ちゃんもグル。何レスもかけて悪かったけど、コレがこの話のオチだ。二度と実家に帰れねぇよ。

43 名前:本当にあった怖い名無し
投稿日:2008/06/13(金)18:55:28 ID:hatiofaaO
>>42　おつかれさま　おうばふ様の仕業だった方がマシだったな

44 名前:本当にあった怖い名無し
投稿日:2008/06/13(金)18:56:35 ID:hnigeu77O
出れてよかった

45 名前:本当にあった怖い名無し
投稿日:2008/06/13(金)18:57:12 ID:aFaojtyo0
>>43　月並みな話なんだけど、結局人間が一番怖かったよ。

46 名前:本当にあった怖い名無し
投稿日:2008/06/13(金)18:57:11 ID:aFaojtyo0
>>45　神様は人間よりも怖いよw

以降、ID:aFaojtyo0のレスは無かった。なお、ID:aFaojtyo0がスレッド内で語った情報と完全に一致する村は、一九九八年時点で廃村になっている。

追記　二〇二二年時点で、おうばふと呼ばれる神を信仰する宗教を国教として定めている国は十六に及ぶ。

【 UNKNOWN 】

★★★ Excellent!!!

ノンフィクションの傑作 ——— 波方伊織

素晴らしい作品を読ませていただきました。死体が蘇る描写が特に真に迫っていて、当時の記憶が蘇るようです。しかし、この作品のジャンルはホラーとなっていますが、流石に実在の人物、事件が出ていますし、ノンフィクションジャンルの方に移した方が良いかもしれませんね。（おせっかいすみませんT_T）作者様の次回作に期待しています！

2024/13/21 05:82

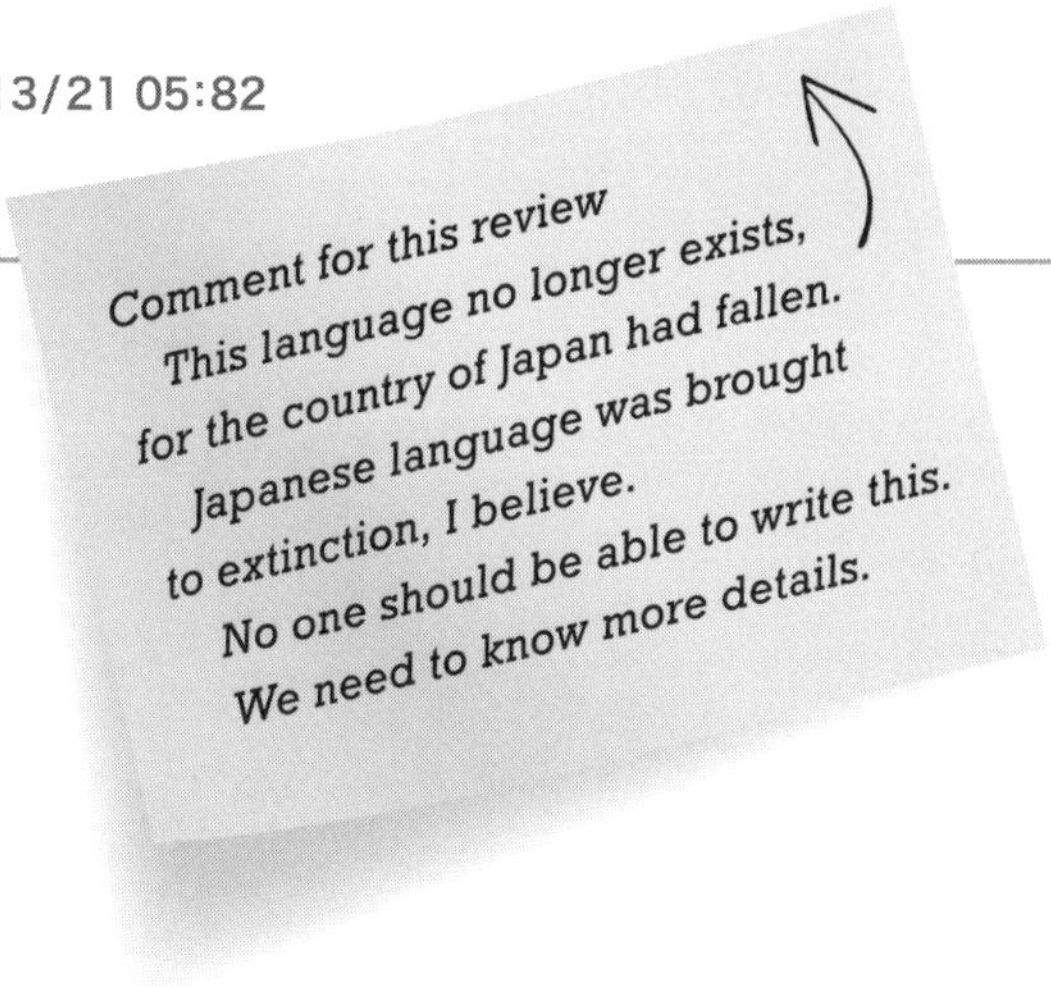
Comment for this review
This language no longer exists,
for the country of Japan had fallen.
Japanese language was brought
to extinction, I believe.
No one should be able to write this.
We need to know more details.

【埴山光《はにやまひかる》　享年二十五】

【膽畑《きもはた》幼稚園　年中組　サンタさんへの手紙】

さんたさんえ　ぼくは　ほしいのが　あたらしいゲームのくみたてーるです　よろしくおねがいします　あずま　きよし

さんたさんへ　きょ年はありがとうございました　ぬいぐるみ　大せつにしてます　今年もうごくぬいぐるみが　よいです　いな　ちひろ

さんたさん　ぼくは　とても　ほのおれんじゃーがほしい　いつも　ぷれぜんとを　ありがとう　よしな　きみひこ

らいねんもぼくはたすけてください　いずつ　いたろう

おとなになるまでまってください　はにやま　ひかる

ままがきらいなので　ままにしてください　あら　きみこ

膽畑幼稚園（十年前に閉園）は毎年、十二月二十五日に園児の希望するプレゼントを配付していたが、その資金がどこから出ていたのかは現在も不明である。

【四方田或彦《よもだあるひこ》　享年七十九】

【四方田或彦の友人の証言】

あー、或彦さんね。大往生でしたよ、寝てる間にぽっくり逝ってねぇ。儂《わし》なんて、明日も一手ご指南お願いしますなんて約束してたもんだから、ありゃ、あんな元気だったのにそんな急にねぇ、なんて驚きましたわ。まあ、儂と違って酒も煙草もやらないから、綺麗《きれい》に死ねたんかねぇ。

ああ、或彦さんの幽霊の話ね。そんなイヤな噂、誰が言うとるんかね。黒焦げになった或彦さんが、家の前にぼーっと立っとる？　馬鹿な話ですわ。記者さんも、そういうくだらん話じゃなくて、政治家の記事とか書いた方がええよ。


【目撃者の証言】

ああ、四方田さんっていうんだ。あの家の人。災難だったね。俺、ずーっと動画回しちゃったよ。家ってあんだけ燃えんだね。幽霊なんて信じるかよ、って思ってたけどあんだけ燃えたらそりゃ幽霊にもなるわなって感じ。動画？　あるよ。

田中《たなか》さんが差し出したスマートフォンには四方田家の燃える映像が映し出されている。


【四方田家の近隣住民の証言】

オカルトの記事ですか？　そういうのやめていただけませんか、変な噂が立つと困るんです。四方田さんのことはよく知りませんけど、大往生だった……それでいいでしょう？　家が燃えたのだって、四方田さんが死んだ後のことですし。

光田《みつだ》さん、三十秒間沈黙。

目を見開いている。

燃えてません、燃えてません、燃えてません、燃えてません、燃えてません。厭《いや》ですよ、家が燃えてるだなんてそんな馬鹿なことありませんよ。わかったら、帰って下さい。

【血縁者の証言】

今はもう、絶縁しています。酒を飲んで暴れるし、灰皿が近くに無ければ母さんを呼びつけて煙草の火を押し付けるような男でした。友人？　へぇ、真っ当な人間関係を築くのは無理だと思ってたんですけどね。死んだんですか？　ざまぁないですね。

【霊能者の証言】

あー……これさぁ、記事にしないほうがいいよ。普通、あんなとこの家が全焼したらどこかしらで記事になるもんだけどさ、どこでも記事になってないじゃん。ネットにも出てないしね。皆でそういうことにしてるんだからさ、アンタも無かったことにしとこうよ。マジでさ。

取材終了後、動画を提供してくれた目撃者の家は全焼している。

果たして、この全焼事件の裏にあるものは何なのか、当編集部は今後も追究していく。

【マコマコ(ハンドルネーム)二十六歳】【マコマコのブログ(現在閉鎖済み)より引用】

20XX-04-01
テーマ：旅行 >

おはようございます！　マコマコです！　今日はエイプリルフールということで、嘘をついて良い日……なのは午前中だけなのかな？　エイプリルフールってなにが本当でなにが嘘なのかわかんなくなっちゃうね。

あ、四月が始まったってことで、エイプリルフールよりも重要なことがありますよね！　新年度です！　新入社員のみんな、がんばれ～！

頑張ってるみんなを横目にマコマコは旅行中です♪　ハワイに来ちゃいました‼

前のお仕事やめたばっかりだからご褒美ってことで許してね♥

青い空、白い雲、白い砂浜。そして白い水着。白被りすぎw　一週間滞在するから、毎日少しずつハワイのマコマコを見せていこうと思います！

というわけで早速アロハなお姉さんと一緒に撮っちゃいました♥

明日も楽しい写真を上げていくからよろしくね♥

マコマコのブログはその月の二十八日に閉鎖されるまで毎日更新され続け、四月一日の更新から二十八日まで内容を問わず上記の画像が添付され続けた。

パスポートにはハワイへの出国と日本への帰国の旨が記録されており、また領収書や土産品などから彼女が実際にハワイに向かったことは間違いない。

さらに以降の生活においても不審な点はなく、彼女は現在も東京都の某会社に勤務している。

ただし、彼女はこの画像をフラダンサーと共に写っている自分であると認識しており、他の画像に対しても本人なりにはっきりと区別できている様子だ。

彼女がどこに辿《たど》り着いたのかは現在も明らかになっていない。

【八賀公彦《やがきみひこ》　二十一歳】

大学生になって、まぁ田舎の……なんていうか車社会のところから来たから、電車に乗る機会なんて全くなかったし、当然、電車に飛び込んで人間が死ぬのも初めて見ちゃったからさ。俺もう、うわっ！　ってなって、いやもうグロ！　って感情よりも、なんかすげぇなって感情が上回っちゃって、カメラでさ、撮っちゃったわけ、死体。

いや……罪悪感はなかったよ。

なんかこう、すごいから撮ろうって思っちゃった。周りの人も撮ってたしさ……いや、ＳＮＳにアップロードしたのはまぁ、ダメだったと思うけどさ。

えっ、ＯＬの知り合い？　いないよ、いたら紹介してほしいよね。俺、働いてる女性好きだし……養ってほしいよね。

しっかし、死体の写真なんて言っちゃ悪いけどありふれてるでしょ。自殺とか結構、俺の知らないタイミングで起こってるしさ。
ああ、死体の画像？　うん、それだよ。

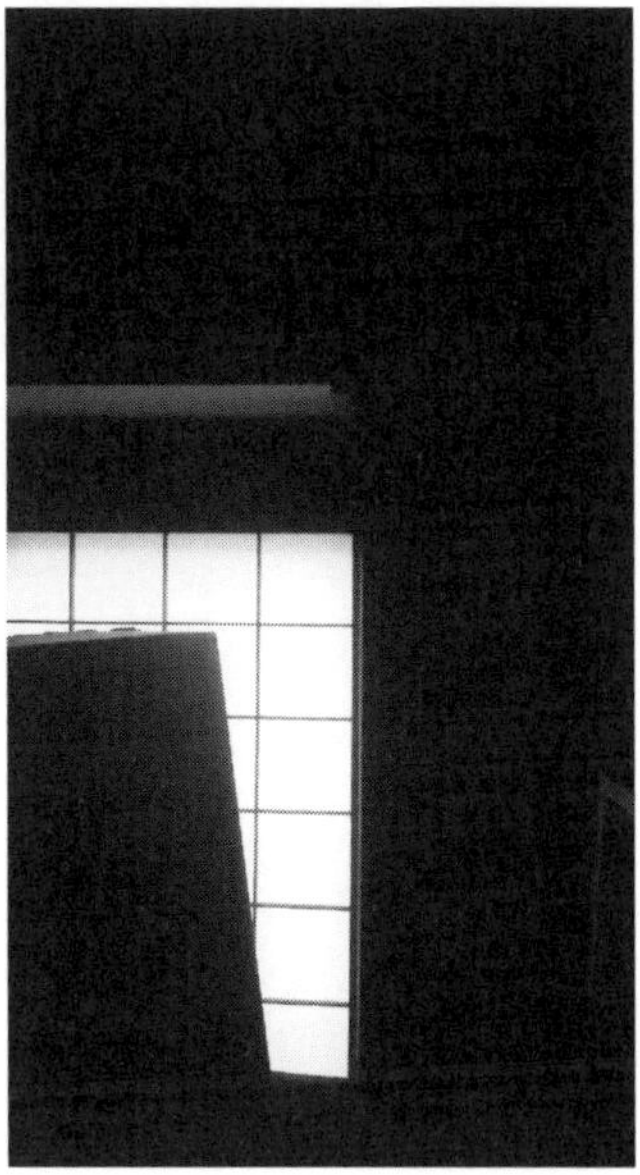

調査の結果、八賀公彦とマコマコの間にはあらゆる関係性が存在しないことが判明している。

【君田《きみた》剛造《ごうぞう》　享年九十四】

あんな。全部嘘じゃ。ほんまはな、何もない、どこまでも何もないんが、嘘ついてもらっとるからなんかあるような気ぃしとるだけなんじゃ。けど、もう駄目じゃ。もう、なんもかんも駄目になっとる。拝み屋もしくじったし、神主も駄目やったろ。もうみんな真実に気づき始めとる、もう駄目じゃ。

俺はもう死ぬ。もう生きとってもどうしようもない、お前も気づいてしまう前に死んでもうた方がええぞ。まあ、天国なんぞに行ける身の上やない。間違いなく地獄行きやろうけど、本当に……この世よりはマシじゃ。気づいてしまうよりはマシなんじゃ。

気づいてるくせに。

【遊佐頼彦《ゆさよりひこ》　八歳】

【2008年2月12日】

というわけで、今年のしんせんはぼくが選ばれたので、ぼくの住んでるマンションにいる神さまが、ぼくを食べてしまったみたいでした。

もちろん、食べると言っても、ぼくが料理されて食べられてしまうわけじゃありません。

去年のしんせんでは田中さんがしんせんになって、神さまが田中さんを食べたあとに、ぼくもマンションのみなさんといっしょにご飯を食べましたが、田中さんはふわふわと笑っていて、とてもたのしそうでした。

テーブルの上にはなにかきらきらしたものがあって、みんなで食べましたが、お父さんは「ちょっとだけだぞ」と言って一口しか食べさせてくれませんでした。美味《おい》しかったです。でも、子どもはあんまり食べたらいけないみたいです。

田中さんを食べたあと、ぼくはあまりかわらなかったけど、お父さんやお母さんは「体がむかしみたいでちょうしがよいなぁ」とうれしそうで、ぼくもうれしかったです。

お父さんに「ぼくたちは田中さんのなにを食べたの?」ときくと、「大切なものだよ」と答えてくれました。たまにマンションで田中さんに会うとぼくのおじいちゃんみたいに笑います。

ぼくがおく上の神さまのところに行くと、神さまはぼくに「大切なものはなに?」と聞いたので、ぼくは「日き」と答えました。なんでかと聞かれたので、ぼくは「毎日なにをかこうかなって思うから」と言いました。

あとクラスで日きを毎日かいているのはぼくだけらしいので、すごいじまんです。

神さまは「じゃあ、明日からの日きをもらうね」と言いました。

ぼくの日きはまだページがのこっているので、神さまにもっていかれたらイヤだったけど、神さまが食べるならしょうがないなあと思いました。

でも、神さまはニコニコ笑って、ぼくのおなかに手を当てると「いいよ」と言って帰してくれました。

それで今日はマンションのみなさんがきらきらひかるものを食べていて、ぼくはお父さんに「えらかったぞ」と言われて、ひとりだけカレーを食べさせてもらいました。しんせんでよかったなと思いました。


【2008年2月12日】

というわけで、今年のしんせんはぼくが選ばれたので、ぼくの住んでるマンションにいる神さまが、ぼくを食べてしまったみたいでした。

【阿僧見陽子《あそうみようこ》　享年五】

多分、母娘《おやこ》でしたね。娘さんが幼稚園児ぐらいで、お母さんの方がまあ三十過ぎかな？　仲良さそうに手を繋《つな》いで、娘さんの方がニコニコ笑ってて幸せそうな母娘だなぁって思いました。

それで娘さんの方がニコニコしながら周りに向かって「嘘つきなんだよー、お母さん嘘つきなんだよー」って言ってて、まあ……なんて言うのかなってちょっと気になったから、スマホをイジるフリして足を止めたんです。

そしたら、娘さんの方が「お母さんねー、私に生きてるフリさせてるのー」って言ってて、それで俺気づいて、あー、やべぇなって思いました。今思えば、気づかなかったのが不思議なぐらいですからね。

なんで、俺あんなものを人間だと思いこんじゃったんでしょうね。

【柔木花《ヤワラギはな》　享年五十六】

生前の柔木はスーパーマーケットに勤務しており、電話応対も業務の一環であった。以下の内容は彼女が死亡する三日前に行った通話の内容を文字に起こしたものである。


「お電話ありがとうございます、スーパーマーケットネーシャ駲山《しゆうざん》店、柔木がお受けいたします」

『お疲れ様です柔木さん、橋田《はしだ》です』

「あら、橋田さん？　お疲れ様。今日はどうしたの？」

『その……申し訳ないんですけど、やっぱり店長に辞めるってこと伝えてほしくて』

「……あのお客さんには警察の方から注意してもらったし、もう二度と来ないように言ってあるんだけど、それでもダメかしら？」

『すみません……あと、柔木さん、見つけました』

「あら？」

『花ちゃん見ぃつけた！』

『柔木さん見ぃつけた！』

「あら見つかっちゃった……」

以下、五分ほど笑い声が続いたあと通話は終了した。

疑問点
・この通話は勤務時間外の柔木の自宅で行われたものであり、さらに柔木が通話に使ったスマートフォンも彼女の私物であった。
・柔木の勤務先は馴山ではない。また、柔木の述べた馴山という地名は日本のどこにも存在しない。
・録音を聞いた全員がシュウザンという音に対して馴山という漢字を当てた。
・柔木の勤務先に橋田という店員はいない。
後は全部わかったので大丈夫です。

【曽良香織《そらかおり》　享年十八】

【第百十二回検査結果】
北神学《きたがみまなぶ》：適格　國金亮《くにがねりょう》：適格　曽良香織：不適格　津尾淳《つおじゅん》：適格
日朝美星《ひあさみほ》：適格　山渋橋子《やましぶはしこ》：適格　山矢洋平《やまやようへい》：不適格　染宮智子《そめみやともこ》：だるじ
牛屋健一郎《うしおけんいちろう》：適格　堤端公一《つつみばたこういち》：不適格　響尾千晶《ひびきおちあき》：適格　あえすま：罪

不適格者は処分されました。


【春野武《はるのたけし》　消息不明】

『ここから20km先は大丈夫です』

春野武が最後に運転していたと思われるセダンは上記の標識から15キロメートル先の地点で発見された。春野武の消息は現在も不明である。


【黒鶴一果《くろつるいちか》】

死ぬのって怖いですけど、死ねないっていうのも怖いですよね。

結局、生きている人間の誰一人として死んだ後のことなんてわからないんですから、案外天国みたいなものが実在していて死後はハッピーに暮らせるのかもしれないし、あるいは地獄で永遠に苦しみ続けるのかもしれない、まあそういう死後の世界なんてものはなくて、永遠に消滅するだけかもしれませんけど、結局生きている人間は死後について想像することしか出来ません。だから死ぬことそのものは恐ろしくても、死後について考えるとその恐怖は具体性がない曖昧《あいまい》なものになってしまうんですよね。

その点で言うと、死ねない恐怖っていうのは凄《すご》くわかりやすいんですよ。

まず、長寿ゆえの離別。

人間生きていれば、家族だったりペットだったり友達だったり恋人だったり、何かしらとの別れは絶対に経験しているんですから、それを思い出すだけでいいです。

死別じゃなくたって、自分だけは変わらないんですから周りの人間に怪しまれるワケですし、戸籍だって一生同じものを使い続けられるんですかね、アレ。孤独は辛《つら》いですけど、不老不死だとバレて世間から注目され続けるのもイヤですよね。実験動物みたいに扱われたら最悪です。

それに、この現代社会で生きていく以上はお金だって必要ですよね。

衣食住はまあ、不老不死である以上なくたって死にはしないかもしれません……かもしれませんが、やはり人間としての感性が残っちゃうと食事もしたくなるし、お風呂にも入りたくなるし、オシャレだってしたくなるでしょう。雨風に晒《さら》されるのは不愉快ですから、やっぱり屋根の下で暮らしたいですしね。

というか、本人が気にしなかったとしても社会のほうが不老不死者を許してくれないんですよ。服なんていらない、住所なんていらない、って自分では思ってもそのうち警察が来ますしね。だからお金がいる——けれど不老不死だからキリがない。

普通の人間よりも切り詰めることが出来ても、よっぽど上手《うま》く資産形成が出来なければ永遠に労働を続けなければならないっていうのは考えるだけでも精神をすり減らしますよねぇ。

じゃあ、どうすればいいのか……私は真剣に考えました。

離別も生活の苦しみも、不老不死者が孤独であるが故の悩みなんじゃないかな、と思いまして……じゃあ、もう社会を構成する人間の全てが不老不死になればいいんじゃないかと、そうすれば誰とも別れることはないし、社会だって不老不死を前提に動くんだから、きっと不老不死者が暮らしやすくなるだろうと、そう考えたんですね。

これが貴方達《あなた》に肉を食べさせた理由です。

【比仁良衣子《ひにらいこ》　享年五】

紙で作ったカラフルな輪飾りに、やはり紙を切り抜いて作った「HAPPY BIRTHDAY」の文字、比仁良家のリビングルームは誕生日飾りで彩られていた。

テーブルの上には比仁良衣子が好んでいたチーズケーキ。その上に、火の灯《とも》った五本の蠟燭が立てられている。ケーキの載ったテーブルを囲んで、椅子は三つ。椅子の一つには笑顔の比仁良衣子の写真が載っていて、残り二つには比仁良夫妻が座っている。

「ハッピーバースデートゥーユー」

「ハッピーバースデートゥーユー」

比仁良夫妻の歌声が響き渡る。陽気で、どこか悲しそうな歌声。

「ハッピーバースデーディア、イコ。ハッピーバースデートゥーユー」

二人の声が重なって、祝福の歌が終わる。比仁良羽美《うみ》がチーズケーキを六等分に切り分ける。

ケーキの上に載った蠟燭の火は灯ったままだ。

「……うっ」

嗚咽《おえつ》を漏らした比仁良羽美の背を、比仁良高次《たかつぐ》が優しく撫《な》でる。肩を震わせてしゃくりあげた比仁良羽美を、しばらくの間、比仁良高次は優しく抱いていた。

「生まれてきてくれてありがとう」

比仁良夫妻は手を合わせて、自然に火が消えるに任せた。それは蠟燭というよりは、線香のようだった。

永遠に蠟燭の本数が変わらない誕生日を、彼ら夫妻は祝い続ける。それは、人から見れば全く理解の出来ない行いであるかもしれない。それでも、彼らにとっては重要なことなのだ。

結局、この物語の全ては断片に過ぎない。少しだけパーツを足してやることで、物語は思いもよらぬ姿を見せるかもしれない。欠片《かけら》を欠いた空白にこそ恐怖は潜むのだから。

「隣の比仁良さん？　毎日、毎日うるさいよね。ハッピーバースデー、ハッピーバースデー、って毎日違う誰かの名前歌ってて。子ども……見たこと無いよ俺、ずっと暮らしてるけどさぁ」

【あとがき】

この物語はフィクションでした。

書籍化必勝法

この小説は大部分がフィクションのノンフィクション実録小説です。

◆　◆

街路樹の電飾がきらびやかに輝き始める頃、白く冷たい花弁《はなびら》が空から降り注ぎ始めた。今はまだ、弱々しい花だ。地上にあるものに触れてしまえば、一瞬で溶けてしまう。しかし、天気予報を見ていない人々も今日の雪はなんとなく降り積もるような気がしてならなかった。

今日は十二月二十四日——クリスマスイヴである。

きっと雪は街を白く美しく染めあげるだろう。街を行き交う人々は雪と同じ色をした白い息を吐きながら家路を急ぐ。その手にはプレゼントやごちそうを持ち、足取りは軽い。

そんな幸福に背を向けて、パソコンに向かう一人の男がいた。赤い服を着た男だった。足元には中身の詰まった白い袋がある。異臭漂う部屋であったが、男がその臭いを気にすることはない。その目は一心にディスプレイを見据え、指は目にも留まらぬ疾《はや》さでキーボードを叩《たた》き続けている。

男の名は森大外刈《もりおおそとが》りという。本名ではない、ペンネームである。

『殺す』――ディスプレイに表示されたテキストエディターには『殺す』の文字が画面から溢《あふ》れ出しそうな程に打ち込まれ続けている。

森はプロ志望のWEB小説家だ。アルバイトで日銭を稼ぎながら小説投稿サイト『ヨミカキ』にて執筆活動を行っている。『ヨミカキ』には読者人気ランキングがあり、上位ともなれば編集者の目に留まって出版されることもある。森もまた、そのルートからの出版を目指してランキングに一喜一憂する日々を過ごしていた。

では画面を埋め尽くす『殺す』は彼の作品であるのか。否、決意の表明である。ランキングは絶対評価ではなく、相対評価である。つまるところ、自分の作品をランキング上位に押し上げたいのならば読者の人気を得る必要はない。自分よりも上位の作品を全て消すだけで良い。

次なる獲物のために森がひたすらに殺意を高めていた――その時である。

ドアホンが鳴った。来訪者に応じるために森が立ち上がる。その衝撃で、足元の袋から中身がこぼれた。ごろりと床を転がったのは森が殺した作家の生首だ。森が自身の作品をランクアップさせたなによりの証左である。

転がった生首に一瞥《いちべつ》もくれてやらずに、森は壁にあるドアホンモニターをチェックする。だがモニターに映る来訪者に見覚えはない。

身長はおおよそ百九十センチメートルといったところだろうか。森よりも二十センチメートルは大きい。腕、脚、胴体、首、あらゆる部位が筋肉で膨れ上がっている。その鍛え上げられた筋肉を脂肪がうっすらと覆っている。格闘家としては理想の体型と言って良い。

荷物は持っていない。宅配便であるとか引っ越しの挨拶《あいさつ》に来た隣人というワケではないらしい。

「どなたでしょうか――」

ある種の予感に、森の心がざわめく。そのざわめきを抑え込み、森は平静な口調で問うた。

「ヨミカキのMY《マイ》碑銘《ひめい》っていう者なんだけどよ」

森の知らぬ名前ではなかった。読者人気ランキングにおいては森の一つ下、『鼻から牛乳が出るチートだけで生き残る異世界転生』の作者のはずだ。つまりは、そういうことだろう。

森が気づくようなことは、他の作者だって気づいている。読者に人気のある作品を書き上げることよりも、人間を殺す方がよっぽど容易《たやす》い。

WEB小説戦国時代――『ヨミカキ』では読者を置き去りにして空前の殺人ブームが巻き起こっていたのである。

「アンタ、森大外刈り先生かい？」

森は思考を巡らせる。おそらくはパワー特化型の小説家である。相手よりも上位のランカーとして負ける気はしないが、下位ランカーを殺したところで森に得るものはない。将来的に自分よりも人気のある作品を書いて正攻法で自分の順位を抜かす可能性はあるが、そういうことをちゃんと出来る人間はあんまり人を殺さないのだ。

問答無用で襲撃してこないのは、森を相手にしているという確信がないからか。ならば嘘をつけば戦闘を回避出来るか、あるいは窓から逃げてしまおうか、森はそのようなことを考えた後「そうだよ」と言った。

「素直なんだな、先生」

「自分でも不思議だ……なんでこんなことを言ってしまったんだろうな」

「お礼と言っちゃあなんだが、アンタが作品を自分の手で消すなら……見逃してやってもいいぜ」

読者人気ランキングバトルにおいて、殺人はあくまでも手段である。その目的は物理的ノックアウトによって、相手の作品をランキングから強制的に排除して、自分の作品の順位を押し上げること。ならば相手が自分の手で作品を消すというのであれば、命まで奪うことはない。

「イヤだね」

「まあ、そう言うだろうね」

自分よりも体格の良い男に脅されたから――その程度のことで諦《あきら》めるぐらいならば、最初から人を殺したりはしない。人を殺してでも摑《つか》みたい夢があるからこそ、森は殺人に手を染めたのである。

「ところで、アンタのために鍵《かぎ》は開けてやったほうがいいのか？」

玄関の鍵は閉まっている。外の碑銘が中の森を殺すためには、まず閉じた扉を開かなければならない。

大家を抱き込んで合鍵を入手したか、あるいはピッキングの技術を有しているか、少なくとも自分を殺しに来たという男がそのあたりに何の用意もしていないということはないだろう。

「先生、生命保険は入っているかい？」

碑銘がそう言うと同時に、めぎょという音がした。

森の視線が玄関に向く。刹那《せつな》、人間サイズの鋼鉄が横に回転しながら森のもとに飛来した。

「入ってるなら、ドアの修理代はそっちが払っといてくれ……アンタの墓なんだからなァ！」

鍵がかかっているかどうかなど、碑銘には関係のないことだった。碑銘は扉そのものを剝《は》ぎ取り、そして手裏剣のように森に投擲《とうてき》したのだ。

「うおおおおおおお！！！！！！！」

スチール製のドア、望まぬ来訪者を妨げ、森の人生の安寧を守ってきた玄関の守護者が今、森の人生そのものを終わらせんと飛来してきた。そのまま受ければ、森の身体は上半身と下半身に分かれてしまったであろう。

「っりゃあッ！」

天井に頭を擦《こす》らんとするほどの跳躍力を見せて森は跳んだ。ドアはガラス製のベランダドアを破壊し、落下防止用の柵《さく》を捻《ね》じ曲げながら僅《わず》かな飛翔を終えた。

「跳んだのは――」

「しまった……」

「マズかったな先生！」

だが、ドアの回避に気を取られ、森は追撃を仕掛けてきた碑銘に意識をやれなかった。碑銘の拳《こぶし》が森に迫る。跳躍した森に回避の術《すべ》はない。

「ぐぉっ……」

悲鳴を上げたのは碑銘であった。

碑銘の拳に指が刺さっていた。

森の指である。

森はひたすらに小説を書き続けた。文章力を鍛えるために。それこそ、キーボードを一ヶ月で壊してしまうぐらいに勢いよく。キーボードが壊れれば新しいものを購入する。前より頑丈なものを、前よりも硬いものを。今、森が使用しているキーボードは完全に実用性が度外視された鋼鉄製のものだ。ただひたすらに書き続ける日々は、森の指先を人体すらも容易に穿《うが》つことが出来る鉄指へと変えていた。

文章力を犠牲にして鍛え続けた暴力である。

宙で森に迫った回避不可能の碑銘の拳に対し、森は信頼する自身の武器である五本の指を用いて碑銘を迎撃、通常ならば突き指必至のその迎撃も、鍛え上げた森の指先ならば可能なのだ。

「うっ……うおおおおおおおお！！！！！！！」

「小説家になりたいなら筋肉ばっかり鍛えていないでキーボードを叩けッ‼」

指を抜いた瞬間、碑銘の拳から血が飛び散った。その返り血が森の服を赤く染めていることは言うまでもないことだろう。痛みに悶《もだ》える碑銘の頭部をハイキック一閃《いっせん》——脳震盪《のうしんとう》を起こし、碑銘の意識は闇に沈んだ。

「フゥーッ……」

残心。

碑銘が倒れても油断はしない。森は鼻から大きく息を吸い、そして口をすぼめて細く息を吐いた。もしも碑銘が起き上がったとしても、戦闘の続行は可能だ。

油断の許されない戦場——それがＷＥＢ小説の世界である。

今、この瞬間もＷＥＢ小説家達はこのようにランキングの上位を目指してしのぎを削っているのだ。

「さて」

気絶してイビキをかく碑銘を森は見下ろす。完全に意識を失っているらしい——トドメを刺すならば今だ。今更躊躇《ちゅうちょ》することはない、床に転がる生首は森が自身の手でトドメを刺したＷＥＢ小説家達である。

「……寒っ」

開け放たれた玄関から剝《む》き出しの冬が部屋の中に入り込んでくる。そのよく冷えた空気と共にクリスマスソングが森の鼓膜を揺らす。

「クリスマス……か」

今日はクリスマスイヴ――だが、戦いの日々を送る森にはそんなことは関係がない。

そして、碑銘もそうなのだろう。

得られたはずの幸せに背を向けて戦っているのだ。

結局、トドメは刺さずに森は家を出た。

◆

戦いはいつまで続くのだろう――賑《にぎ》やかな街中を、森は独りで歩きながら考える。

現在、森の作品は読者人気ランキングにおいて百位である。一位になるためには最短でも九十九人の屍《しかばね》を積み上げげなければならない。しかし、『ヨミカキ』では日々新作が投稿されている。今の順位が永遠に固定されるワケではない。今日一人を殺して九十九位になったとしても、明日には新作によって百位――それどころか五百位にまで転落してしまってもおかしくはない。そして、一位になったところで――編集に見出《みいだ》され、プロデビューが出来なければ何の意味もない。

ひらひらと舞う雪を強い風が吹き飛ばす。雪は翻弄《ほんろう》された後に、アスファルトに落ちてあっさりと溶けた。最初から何もなかったかのように。

俺の戦いなど、あの雪のようなものではないか。必死になって舞ったところで、より強い力に翻弄されて消え去るだけ。ただ闇雲に順位を上げ続けても、何の意味もないのではないか。

順位だけが上がったところで、そんなことときりがないではないか。ならば、俺がすべきことは――WEB小説家同士で殺し合うことではないのではないか？

気がつけば、森の足は自然にKADOWAKASHI本社ビルに向かっていた。株式会社KADOWAKASHI、日本人ならば誰でも知る日本の総合エンターテインメント企業であり、小説投稿サイト『ヨミカキ』もKADOWAKASHIによって運営されている。東京都心に聳《そび》え立つ高さ六百六十六メートルの超高層ビル、それがKADOWAKASHI本社ビルである。

「何の用だい、坊や……」

正面玄関の中心に警備員が立っている。小柄な老人であるが、背筋はしゃんと伸びている。右目には黒い眼帯を装着し、左目は射殺さんばかりの鋭さで森を見ている。

腰の鞘《さや》から刀は既に抜き払われていた。両手で柄《つか》を握り、その切先《きっさき》はまっすぐに森の目に向けている。

正眼の構えであった。

「……俺の作品を出版してほしいんだ」

「ウチじゃ持ち込みはやってないよ」

互いの距離はおおよそ一メートル、森の立ち位置は警備員の刀の切先から拳一つ分だけ離れている。

「持ち込みたいのは小説じゃない」

「ほう?」

「暴力」

森がそろりと言った。

「文章力、構成力、発想力……小説は様々な力から出来上がっているが、俺は暴力でゆく、それこそが人の心を動かす一番の力だからな……」

「坊やじゃ無理だろうな……」

「やってみなきゃわからねぇだろ……？」

足音は無かった。静かに警備員が前に出る。切先は森の目を向いたまま、微動だにしない。

見事な足運びである。おそらく生半可なWEB小説家であれば相手が動いたことすら理解できなかっただろう。

既に、森は警備員の刀の間合いに入っていた。

「セェエェイ!!」

裂帛《れっぱく》の気合と共に警備員は刀を横薙《よこな》ぎに振るった。刀身が燃えるように熱いのは、空気との摩擦を生じさせる程に刀が疾かったからである。

その一撃を森の指先が搦《から》め捕っていた。

キーボードをひたすらに打ち続けて得た、鉄の指である。

警備員は腕に力を入れるが、刀は森の指の中でピクリとも動かなかった。

「……坊や、何故出版を目指すんだ？　それほどの力がありゃ出版業界じゃなくても金は稼げるだろうに」

「証明したいんだ」

「ほう？」

「……プロになるためにキーボードを打ち込んだ日々は無駄じゃなかったって」

「そうか」

警備員は柄から手を離し、森に背を向けた。

「儂《わし》は何も見ていない、侵入者が本社ビルの三階、WEB小説編集部に入ってもしょうがないだろうな」

「じいさん……」

「儂もかつてはお前のようなWEB小説家で……いい感じに書籍化して周囲にマウントを取りつつ、金を稼いで、ファンにもちやほやされてみたかった。だが、儂には無かったよ……人の心を動かすほどの文章力も暴力も……」

「俺は……」

「編集は強い……だが、坊やならやれるだろうよ。儂の代わりに編集をボコボコにしてくれ……執拗《しつよう》に」

森は深く頭を下げた。託されたと、そう思ったのである。

あまり託されるべきでないものや、持っていかない方がいい思いはある。

◆

「……とんだサンタクロースだな」

WEB小説編集部の入り口に現れた森を見て、樹海太郎《じゅかいたろう》は苦々しげに呟《つぶや》く。入り口に立つ森の服は血液で赤く染まっていた。このようなファッションセンスは殺人鬼か殺人サンタ、あるいは小説家の三択である。

「アンタ編集か？」

森が尋ねた。

「そうだよ」

「俺の小説を出版してくれ」

「自費出版とかあるよ、費用を抑えたかったら電子書籍とかもあるからさ……」

「KADOWAKASHIから本を出したいんだ」

まっすぐに濁った瞳《ひとみ》で森が言う。

「無理って言ったら……？」

「言わせないさ」

「へぇ、自信があるのは作品の方かな……それとも……」

「暴力の方だよ」

樹海の中に奇妙な感動すら沸き起こった。人間は時に努力の方向性を間違えることがあるが、ここまで間違えることが出来るのか。

「良かったな……アンタ……」

そう言って、樹海が愉快そうに笑う。

「良かったっていうのは？」

「俺は編集長だからね。俺に認めさせればそのまんま企画が通るよ」

「本当に良《い》い話だな……たった一人倒すだけでいいのか」

「ただ、やる前に作品は見せなよ。アンタの作品が面白ければ別に殺《や》り合うことはないからさ……」

樹海太郎がスマートフォンを取り出し、森から聞いた作品名を打ち込む。

『異世界コンチクショー～笑ってはいけない異世界転生～』

不吉なタイトルだ、どう考えても商業作品には出来そうにない。

「……待ってくれ」

作品ページを開こうとした樹海に、森が弱々しい声で言った。

「なんだよ」

「やはり俺は……暴力で解決したい」

「怖いのか？」

森の言葉に手を止めることはない。樹海は作品ページに目をやる。総文字数は八百万文字、話数は二千話。眼の前の男は文字通りこの作品に人生を費やしてしまったらしい。

「発表せずにはいられないのに、誰かに見られるのが恐ろしくてたまらない。頭の中にある美しいものは現実で創ろうとすると、理想とは似ても似つかぬ醜いものになっちまうからな……でも、そんな醜いものを書いてしまってても認められたいんだよなぁ、創作者って奴は」

足りないものを暴力で補ってでも――樹海はそのように言葉を結んだ。

「見せてみなよ、こんなところにまで来ちまうような人間の作品を」

陦励?蜎ｧ関偵'繧ｓｷ翫?蜊?、懊■繧 譎ｺ蜈ｴ縺。 縺涜ｸ?莠ｺ縺ｮ縺溘a縺ｫ豕ｨ縺後l縺ｦ縺?
k繧譚丞袖縺ｮ縺ｪ縺?ご魑ｴ繧∞凾蜃ｱ繧?蛭蜃ｱ繧偵☆繧句」 -繧√き繝。 繝ｳ縺ｮ繝輔Λ繝?す繝
・髫ｳ繧縺昴l繧峨?蜈ｨ縺ｦ繧√ヨ繝ｳ繝?け縺ｫ謦・縺ｨ鬘帙?縺輔l縺滓匱蜈ｴ縺ｮ縺ｫ縺ｮ蜷代
¢繧峨l縺ｨb縺ｮ縺?縺」 縺ｨ?驥取ｬ。 円ｬ縺ｯ蠖ｼ繧帝□蟾ｱ←隕九▽繧√?:・舞謌・霆翫
'蜻ｼ縺ｰ繧後※縺?k縺ｮ九←縺?°繧ゆo縺九i縺ｪ縺??譛ｬ?繧ゆ?∞他縺ｰ繧後※縺?◆縺ｨ縺?
励※繧る?縺ｫ蛯凵o縺ｮ縺?〒縺ゆm縺?%縺ｨ縺ｯ譏弱ｉ縺九□縺｣縺溘?縺ｧ縺ゅｋ?◆縺ｫ

「足りない文章力をいくらなんでも暴力で補いすぎじゃないかッ⁉」

文章力が足りないとか、そのようなレベルではない。

圧倒的な無である。根本的に読むことが出来ない。

「……強くなるごとに、ランキングを駆け上がるごとに、俺の小説からは文章力が失われ、俺の身には暴力が宿っていった」

「文章力と暴力はここまでトレードオフの関係性だったのか……」

「このような文章力になって……それでも俺は夢を捨てられなかった」

「同情するには自業自得の側面が強すぎる……」

「もういいか、暴力で行っても」

森が両手を上げて構える。

「……一応、出版業に関わる人間として言っておいてやるよ。アンタの小説は……いや、小説なのかすらもうわからないけれど……出版したところで、無駄だよ。間違いなく売れないし、評判もカス。っていうか小説家としてのアンタよりも出版社としてのKADOWAKASHIの方が受けるダメージが大きい可能性すらあるよ……狭い範囲を暴力で解決できても、俺を暴力で降《くだ》しても、結局評価するのは広い世間の人間だからさ。印税分の金が欲しいなら、ここまで来たアンタに敬意を払ってくれてやってもいい……拳を下ろし、アンタが暴力に振ったスキル値を文章力に振り直して、刑務所で一からWEB小説家としてやり直しなよ」

「無理だな」

「確かに刑務所にインターネット環境はないけれど……本は読めるから、一から勉強を……」

「いや、そういうことじゃないんだ……世間が認めないとしても……」

言葉を言い終わるよりも早く、森は樹海に向かって駆けた。樹海は素手タイプの編集——素手と素手でぶつかり合うならば、鉄指の森の方が優位である。

一撃で出版を決める。

「次は親切丁寧一人ずつ世間の人間をボコって俺の小説を認めさせてやるッ！」

キャン、と澄んだ金属音が鳴った。心臓目掛けて放った森の貫手《ぬきて》は、同じく樹海の貫手と打ち合っていた——全くの同タイミングで鉄指と鉄指が打ち合っていたのである。

「どこまでも暴力に全振りしてッ！」

互いの指と指が衝突し火花を散らした瞬間、既に樹海の次の攻撃は始まっていた。当たれば一撃で意識を刈り取るどころか頭蓋《とうがい》すら切断するであろう上段回し蹴《げ》りが森の側頭部に迫る。

ゴウ。空気の燃える音。樹海が蹴りで描いたラインに青い炎が走る。その凄《すさ》まじい一撃を森は上体を低くして回避、そのままタックルに移行する。

「リャアッ！」

「ハッ！」

森の低くなった顎《あご》に合わせて、樹海が膝《ひざ》を入れる。森の頭の中で爆弾が破裂した。鼻血と一緒に脳髄が流れ、目玉がまろび出んばかりの痛み。樹海のそれは完璧《かんぺき》な一撃であった。

だが、止まらない。

「あああああああああああ！！！！」

悲鳴を上げながら、森は樹海の右足を取り、その体勢を崩した。マウントポジション、森が樹海に馬乗りになった。森と仰向《あおむ》けの樹海の視線がかち合う。互いの視線の熱で空気が蜃気楼《しんきろう》のように揺らぐ。その指先で頭部を穿《つらぬ》かんとす。

「シャアッ！」

「うおっ！」

緩い。

樹海は森の両肩を摑んで、回転し、強引に体勢を入れ替える。マウントポジション、登頂しているのは樹海の方である。

「ヤァッ！」

だが、問題はない。マウントポジションにおいて圧倒的に優位なのは、登頂した側であるが
――たとえ相手が上にいようと、森の鉄指の威力は変わらない。

心臓目掛け、下からの貫手。

「オッ……！」

「カッ……！」

悲鳴は同時に上がった。

樹海の胸、そして森の胸を同時に貫手が穿ったのである。

同時に血を吐く二人、両方の血が森の赤い服に吸い取られていく。

「……クリスマスプレゼントに小説を貰《もら》ったんだ」

しばらくして、森が震える声で言った。身体が冷えていた。命がだくだくと己の身体の中から流れ出ていく。

「外国の児童文学……名前は……なんだったかな……青い鳥がいたことも、文庫本だったことも、表紙の可愛いイラストも思い出せるのにな……」

血液と一緒に流れ出てしまったのか、本の名前が思い出せない。けれど、あの本を読んだ時の感動は今でも思い出せる。自分もああいう本が書きたくて小説を書き始めたのだ。けれど、今でも胸にある感動から目を背けて――己はここまで辿《たど》り着いてしまった。

「だから俺は……ここでデビューしたかったのかもな……」

KADOWAKASHIは児童文学にも力を入れている。きっとあの青い鳥の文庫本も、KADOWAKASHIの翼の生えた児童文学レーベルから出たものなのだろう。

だから、きっと――いつか自分もあの場所へ行けると信じて、何もかもを間違えてしまったのだろう。

「……馬鹿なことをした、人を殺したって、それでデビューしたって、俺の望む小説が書けるワケじゃないのに……」

それでも血塗られた手で、手を伸ばしてしまった。自分の夢が汚れるとわかっていながら、自身の文章力を――小説を信頼できなかった。

意識が完全に消える瞬間、声が聞こえた。

「罪を償って、小説を書け」

樹海だった。樹海の貫手の方が先に森に到達したためか、樹海の心臓は完全に破壊されなかったのだろう。森と違って、樹海はしっかりと生きている。

「……こんな俺に、そんなことを言ってくれるのか」

「アンタの小説は読めないし、やった行為もクソだが……それでも、書く気があるなら書けばいいさ…… KADOWAKASHI は経歴不問だからさ……」

その言葉を聞いたのを最後に、森の意識は完全に消えた。

罪を償ったら、ちゃんとした小説を書く――ただ、それだけを祈って。


【このような経緯《いきさつ》でこの小説は KADOKAWA から発行されました】

あとがき

◆

まず、この本を手に取っていただきありがとうございます。と書かせていただきます。何故ならばこのあとがきを読んでいる方に関して断言出来ることは、この本を手に取っていただいたということだけなので、買ってくださってとか、読んでくださってとか、そういうことが言えないかもしれません。なので如何《いか》なる形でもこの本を手に取っていただいて幸いです、と書かせていただきます。ありがとうございます。

さて、あとがきと言えばここらで自己紹介をしてみたり、作品の補足をしてみたり、あるいは近況報告などを書いて、この本を読んでいただいた読者の方にこの作品の作者というのはどんな人間なのかを知ってもらうことが出来る素晴らしいコーナーなのですが、自分という人間について語るべきことは特にありませんので、後はひたすら感謝の言葉を述べさせていただきます。

まず、紙の書籍の印税ですね……ありがとうございます。普段から爪に火を点《とも》すような生活を送っているので、印税でどかっと収入が入ると思うと本当に感謝の念に堪えません、ありがとうございます。お金様のお陰で日々暮らすことが出来ています。本当にありがとうございます。

そして電子書籍の印税、こちらにも本当にお世話になる予定です、ありがとうございます。紙の書籍の場合は発行した分の印税が入ってくるのですが、こちらは売れた分だけ印税が入ってくるという素敵なシステムで、そこまでどかっと入ってくるタイプではないのですが、そこそこの収入を与え続けてくれる予定です。本当にありがとうございます。

それから……えぇ……それから……ですね……

瞬間、春海水亭《はるみすいてい》の顔色が変わった。視線は感謝を言うべき対象を求めて彷徨《さまよ》い、曖昧《あいまい》な言葉は生まれることもないまま肚《はら》の中で死んでいく。収入に対して感謝は出来ても、それ以外の物事に対して感謝が出来ない。心の中にある感謝の感情が枯渇している。

金に対する感謝のウエイトが高すぎる、完全に感謝のバランスを崩していた。

(このまま……あとがきを終わらせてしまいたい……だが、それをすれば……手に取っていただいた方と金にしか感謝しない最悪の人間だと思われてしまう)

涸《か》れ果てた感謝の念を蘇《よみがえ》らせるべく、春海水亭は深く息を吸い込み、そして吸い込んだ時間の三倍はかけてゆっくりと息を吐き出す。

「まず、編集のSさん、ありがとうございます。単著を出すのは幼い頃からの夢でしたので、もうSさんがこの私の夢を叶《かな》えてくれたようなものです」

弱い感謝であった。

勿論《もちろん》、通常のあとがきならばページ数の関係上十分な感謝となるが、このあとがきには通常のあとがきよりもページ数が多く取られており、前述の通り、金に対してはたっぷりと尺を取って感謝している。その上でこの感謝を見れば、金に対して感謝はするが編集に対してはおざなりの感謝の言葉を贈るカスと読者に判断されてもしょうがないだろう。

「そして、応援してくださった読者の皆様……本当にありがとうございます。この本はカクヨムで掲載していた短編に書き下ろしを加えて書籍化したものです。そんなことが出来たのも皆様が私のことを根強く支えていてくれたからです、本当にありがとうございます」

瞬間、春海水亭は本を閉ざす音を聞いた。今まで応援してくださった読者の方への感謝が大切であることは間違いないが、この小説を読んでくださった全員が春海水亭を知っているワケではない。そのため、自分はカクヨムという小説投稿サイトで小説を書いており、そこで書いた短編を書籍化しましたよという情報はどこかしらに入れなければならなかった。

だが、感謝のタイミングではない。このタイミングで説明を兼ねてしまえば――今まで応援してくださった読者の皆様が「そうか、私たちへの感謝は説明のついでか……」と失望されるのも無理はないことである。

「ハァ、ハァ……」

絶望は続く。拙《つたな》い感謝の二発で春海水亭の感謝力が尽きようとしていた。手に取っていただいた方、紙の書籍の印税、電子書籍の印税、編集のSさん、カクヨムで読んでいただいた方、割合としては金に関する感謝よりも人間に対する感謝の方が多いように見える。しかし、金の占める割合は四割――ギリギリで金に勝っているだけで、「いや申し訳程度に人間に感謝しているだけで、結局金がいちばん大事なクソ野郎やんけ！」と思われても無理はないことだろう。

立ち上がらなければならない、立ち上がって、感謝を続けなければならない。感謝をすれば墓穴を掘り、感謝をしなければ既に掘られた墓穴に埋葬される。どちらに進むにしても地獄のようなあとがきであった。

それでもせめて前のめりにゆかなければならない。

「ＴＲＰＧクラスタの皆……最近は遊べてないけど、カクヨムで執筆する程度に創作能力を回復出来たのは皆さんのおかげです……本当にありが……」

言葉を言い終わることなく、春海水亭の口から血が溢《あふ》れ出た。溢れ出た血液は身体を赤く染め上げながら、地面へと落ちていく。TRPGクラスタへの感謝の気持ちは間違いなくある。しかし、これを読んでいらっしゃる方の全員がTRPGを知っているワケではないのだから、ゲーム仲間ぐらいの表現に止《とど》めておくのがベターだったのではないかなどという考えが過《よ》ぎってしまったのだ。

感謝とは精神力を限界まで絞り出す行為、集中力を欠いた感謝では肉体へのフィードバックが生じて当然だろう。

「ぽごぉ……お……」

声にならない悲鳴を上げながら、春海水亭はあとがきをのたうち回った。まだ倒れるワケにはいかない。このあとがきで何もかも終わってしまっても良い。だが、金にしか感謝しないクソ野郎だと思われることには耐えられない。創作物と創作者は別物とはよく言われることであるが、どうやったって創作者のイメージはついて回る。圧倒的な面白さで創作者の印象を振り払うことが出来るのならば良かろうが、春海水亭にそこまでの筆力はない。せめて感謝が出来るぐらいには社会常識がある人間と思われておきたい。

「ツイッターのフォロワーの皆さん……いつも作品を拡散していただいてありが……」

感謝の姿勢を間違えたダメージフィードバックが春海水亭を襲った。目に見えないトラックに撥《は》ねられたかのように、中年太りしたその身体が十メートルほど宙を舞う。まず、ツイッターの呼称は現在Xである。そのため、旧ツイッター、もしくは補足として「(現X)」とつけておくべきであった。だが、それ以上に作品の拡散という実利的側面ではなく、一緒にワイワイ楽しんでくれたことを感謝するべきである。感謝の道は奥深い、春海水亭は感謝を急ぐばかりに致命的なダメージを受けたのである。

「…………ッ」

春海水亭の口からうめき声が漏れた。もはや流れる血もない、ただ大の字になってあとがきに倒れ伏すばかりである。

何もない。

感謝力どころか、命すらもその身にはない。あとがきで死ぬのがこの男の宿命だったのだ。結局金にしか感謝しない男という評価を受けて死ぬのに相応《ふさわ》しい男である。走馬燈《そうまとう》のようにこれまでの記憶が蘇っては消えていく。良い思い出が二、嫌な思い出は八、そのような割合である。嫌なことばかりが蘇る人生だった。

（こんな……あとがきで死ぬのか俺は……）

掘り起こしても、掘り起こしても、嫌な思い出ばかりが蘇る。こんな人生にしてはむしろ長生きした方だ、そのような思いすらある。

嫌な思い出が脳裏を過ぎる度に、感謝の念が湧き上がる。自身の人生に関わった嫌な人間に対する感謝ではない、他人に迷惑をかけた自分への感謝でもない。このような人生を送ってきても、俺を生かしてくれた皆様への感謝の気持ちだ。

（何故……だろう……）

「……まだ、まだだ……ッ！　俺はまだ感謝出来るッ！」

視界が霞《かす》んでいる。立ち上がった脚も震えている。腕に至ってはもう指一本動かす気力すら残っていない。

寒い。

歯と歯が打楽器のようにかち合い、上手《うま》く喋《しゃべ》れそうにない。それでも、命とページの続く限り——感謝を。

「……カピバラ、可愛くて最高！　ああいうフォルムの生物に生まれてきてくれてありがとう‼ 特に尻尾《しっぽ》と歯がネズミ感を抑えてくれているのがありがたい‼」

「Discordの皆さん、いつもお世話になっております！　Discordで開かれてた大喜利から生まれた作品もこの作品の中には露骨にあります！」

「職場の皆さん、精神的にかなり楽に働けています‼　本当にありがとうございます‼　かなり怒られが発生しましたが、クビにせずに気長に見守ってくださってありがとうございます‼」

「A教授、俺が一応人間をやれているのはA教授がなにかと面倒見てくださっているおかげです‼　A教授がいなかったら常識がなさすぎてそもそもデビューするまでの間生活費を稼げそうにありませんでした！　本当にありがとうございます‼」

「この作品に関わっていただいた皆様、本当にありがとうございます。このような素晴らしい本を出せたのは皆様のおかげです、っていうか私は何もしていないのでなにもかもが皆様のおかげです、本当にありがとうございます！」

「そして、私を支えてくれた家族、本当にありがとうございます！　この本の内容を知られたくないので絶対に教えることはありませんが、あとがきでだけは感謝させてください！」

「そして編集のSさん、単著を出すのは幼い頃からの夢でしたので、もうSさんがこの私の夢を叶えてくれたようなものです、本当にありがとうございます‼」

凄絶《せいぜつ》であった。感謝の気持ちは有り余っているが、探すことを諦《あきら》めて二周目に行ってしまうのである。

（不味《まず》い、感謝の気持ちは本当なのにコピペでページを稼いでいるだけのクソ野郎だと思われてしまう……寝てた方が良かったな、これ）

「は、母なる地球に感謝！」

感謝の精彩を明らかに欠いていた。

文末に「！」を付けているが、最近の気候がどうにも引っかかっているのである。というか地球はオチに使うべき感謝対象であって、途中で出すべきではない。地球に対する感謝を使ってしまえば、もはやこのあとがきにオチをつけようがない。

「おおおおおおおおおお！！！！！」

もはや、感謝の問題ではない。一創作者としての純粋な判断ミスであった。感謝もロクに出来ない上に、構成もめちゃくちゃなカス――それがこのあとがきで判明する作者の全てである。終わりだ。

いや、まだある。

俺がお世話になった最大のもの、出会ってはすぐに消える儚《はかな》くて、しかし頼りになるもの。

春海水亭はＡＴＭから一万円札、五千円札、千円札を下ろし、深々と頭を下げた。

「やはり、貴方達《あなた》が一番です……」

本作はＷｅｂ小説サイト「カクヨム」に掲載された作品を加筆・修正し、書き下ろしを加えたものです。

この作品はフィクションです。
実在の人物・団体・事件とは一切関係がありません。

春海水亭（はるみすいてい）
2021年に小説投稿Webサイト「カクヨム」に投稿した「尺八様」ではてなインターネット文学賞カクヨム賞、23年「キリコを持って墓参りに」でカクヨム「ご当地怪談」読者人気賞を受賞する。23年に発表した「八尺様がくねくねをヌンチャク代わりにして襲ってきたぞ！」は作品に関連する言葉がX（旧Twitter）でトレンド入りするなど話題となった。

致《ち》死《し》率《りつ》十《じゅう》割《わり》怪談《かいだん》

2024年３月26日　初版発行

著者／春《はる》海《み》水亭《すいてい》

発行者／山下直久

発行／株式会社KADOKAWA
〒102-8177　東京都千代田区富士見2-13-3
電話　0570-002-301（ナビダイヤル）

印刷所／旭印刷株式会社

製本所／本間製本株式会社

ISBN 978-4-04-114792-4　C0093